Y Tatŵ

MARI GEORGE

I Beth, Rhys a Nia

Cyfres yr Onnen

Argraffiad cyntaf: 2014

Comisiynwyd y gyfrol hon gyda chymorth ariannol AdAS

Cynllun y clawr: Y Lolfa

Rhif Llyfr Rhyngwladol: 978 1 84771 898 3

Cyhoeddwyd ac argraffwyd yng Nghymru gan
Y Lolfa Cyf., Talybont, Ceredigion SY24 5HE
gwefan www.ylolfa.com
e-bost ylolfa@ylolfa.com
ffôn 01970 832 304
ffacs 832 782

Pennod 1

CYN I DAD gael y swydd newydd yn y banc a orfododd i ni symud hanner can milltir i Drehafod, roedd bywyd yn ddigon syml. Mam, Dad a fi – y tri ohonom yn bobol ddigon cyffredin, yn byw bywydau digon cyffredin. Feddyliais i erioed fod unrhyw beth yn bod. Feddyliais i erioed fod trwbwl yn llechu yng nghorneli'r teulu. Ond dyna beth sy'n digwydd pan ydych chi'n byw mewn byd bach diniwed, Cymreig fel fi, yn amau dim am neb. Roeddwn i'n gweithio'n galed yn yr ysgol, yn ffrindiau gyda phobol deidi ac yn hapus fy mod i'n plesio fy rhieni.

Ie, dyna sut oedd fy myd pan oedden ni'n byw yn Llangwyn – pentre bach tawel yng ngorllewin Cymru.

Dyna sut oedd fy myd cyn i ni symud a chyn i fi gwrdd â Jan.

Jan – y ferch wnaeth newid popeth…

❤

"*Blazer?*"

Dyna oedd ei gair cynta hi. Yna chwerthin mawr. Bu bron i mi neidio allan o 'nghroen. Trois i weld merch tua'r un oed â fi yn cerdded ata i. Roeddwn i'n sefyll y tu allan i dŷ Mrs Chanel, fy athrawes ganu newydd, yn fy nillad ysgol ar ôl treulio wythnos gynta anodd a hir yn fy ysgol newydd. A doeddwn i ddim yn edrych ymlaen rhyw lawer at drannoeth oherwydd roedd hi'n ddiwrnod yr Eisteddfod Sir. Diwrnod mawr i Mam a Dad. Diwrnod pan fyddai pwysau arna i i ganu'n wych a dod yn gynta, fel bod Mam yn gallu rhoi fy llun ar Facebook ac ysgrifennu:

Diwrnod da. Catrin wedi ennill ar yr unawd heddi. Ymlaen i'r Genedlaethol nawr!

"Sneb yn gwisgo *blazers*," meddai'r ferch gan chwerthin eto iddi hi'i hunan a churo'n galed ar ddrws tŷ Mrs Chanel gyda'i thrwyn yn yr awyr.

Sylwais yn syth fod ei sgert hi yn wahanol i fy un i. Sgert fer oedd amdani, sgidiau canfas am ei thraed a chardigan denau, ffasiynol wedi ei chlymu am ei chanol. Mor wahanol i fi yn fy mlaser drom, swyddogol. Syllais ar fy sgidiau lledr diflas, ac ochneidio. Teimlwn yn eiddigeddus ohoni. Roedd hi'n cŵl ac roedd hi'n gwybod hynny. Pam oedd rhaid i Mam fod mor llym a gwneud i fi wisgo'r wisg ysgol swyddogol yn y maint a'r lliw cywir ac o'r siop gywir gydag arwyddair yr ysgol yn llachar arni, fel pe bawn i'n cyhoeddi i bawb – 'Dyma fi, Catrin. Dw i'n swot'?

Cyn i fi gael amser i ddweud unrhyw beth, agorodd y drws ac yno'n sefyll roedd hen fenyw mewn ffrog goch a gwallt melyn, melyn ganddi.

"Dere mewn, Jan," meddai a cherddodd y ferch hy i mewn i'r tŷ heb edrych arna i.

"Helô. Ti yw Catrin?" gofynnodd yr hen wraig yn chwilfrydig.

Gwenais arni, gan deimlo'n eitha nerfus yn sydyn.

"Fi yw Mrs Chanel. Dere mewn. Gawn ni weld shwt beth yw'r llais 'ma sy 'da ti."

Aeth Mrs Chanel â'r ddwy ohonom i gefn y tŷ lle roedd

stafell fechan llawn bocsys yn llawn dop o bethau o bob math. Roedd cath wen yn eistedd ar ben un bocs. Roedd hi'n eitha tebyg i Mrs Chanel, a dweud y gwir. Yr un llygaid. Yng nghanol y cwbwl roedd piano mawr du ac olion bysedd ar hyd ei ochor.

"Pam ma hon 'ma yr un pryd â fi?" gofynnodd Jan.

"Ma Catrin newydd ddechre yn Ysgol Trehafod. Ma'n rhaid bo chi yn yr un flwyddyn. Blwyddyn naw ie, Catrin?"

"Ie."

"Sa i 'di gweld ti," meddai Jan yn heriol.

"Dim ond wythnos 'ma ddechreues i," meddwn i mewn llais gwan.

"Bydd Catrin yn cystadlu yn y Steddfod Sir fory ar yr unawd yn dy erbyn di, gan fod y ddwy ohonoch wedi ennill mewn steddfode cylch gwahanol. Teimles i taw cyfuno'ch gwersi chi oedd y peth iawn i'w neud. Catrin, ma Jan, fel ti, wedi cael tipyn o lwyddiant ym myd y gân. Gallwch chi rannu syniade a dw i'n gwbod y byddwch chi'n ffrindie mawr."

Doedd Jan ddim yn edrych yn rhy hapus.

"Dechreuwn ni ganu 'te," meddai Mrs Chanel, gan wenu. "Jan yn gynta." Dechreuodd Jan ganu ac fe synnais at ei llais hyfryd. Roedd yn gryf ond eto'n dyner. Daeth i ddiwedd y gân a gwenu'n bowld.

"Nawr ti 'te, Catrin," meddai Mrs Chanel yn llawn brwdfrydedd.

Dechreuais ganu, yn dawel i ddechrau gan fy mod yn teimlo ychydig yn nerfus o flaen y bobol ddieithr yma, ond yna fe atgoffais fy hunan am yr holl wobrau eisteddfodol roeddwn wedi eu hennill a daeth rhyw hyder o rywle. Canais nerth fy mhen ac ymgolli'n llwyr yn y gân.

"Ardderchog!" meddai Mrs Chanel. "Mae gan y ddwy ohonoch chi leisiau bendigedig ac mae'r ddwy ohonoch chi wedi meistroli'r gân."

"Gawn ni fynd nawr?" meddai Jan yn hyderus, wedi i ni'n dwy ganu'r gân sawl gwaith eto am yn ail â'n gilydd.

"Beth yw'r brys?" atebodd Mrs Chanel. "Licech chi ddishgled o de?"

Ond roedd Jan wedi anelu am y drws ac wedi gafael yn ei bag ysgol a hwnnw'n graffiti drosto i gyd.

"Sori, Mrs Chanel. Diolch am y cynnig ond byddai'n well i fi fynd hefyd," dywedais gan deimlo'n grac fod Jan mor ddifater tuag ati. Taflodd Jan olwg cas arna i, fel pe bai'n edliw i fi fod mor boléit.

"Alle unrhyw un ohonoch chi fynd â hi fory," meddai Mrs Chanel yn hapus. "Chwaeth y beirniad fydd yn penderfynu. Ond, cofiwch – cystadlu sy'n bwysig."

Edrychais ar wyneb Jan. Doedd hi ddim yn gwenu. Doedd hi ddim yn edrych arna i. Roedd rhyw olwg benderfynol yn ei llygaid. Doedd hi'n bendant ddim yn cytuno â barn Mrs Chanel.

Teimlwn am y tro cynta yn fy mywyd y byddwn i'n falch i golli yn y Steddfod Sir!

♥

Es i adre i'r tŷ newydd. Roedd Mam wrthi'n tynnu caserol cig a llysiau organig o'r ffwrn.

"Diwrnod da, cariad?" gofynnodd, heb droi ei phen i edrych arna i.

"Ocê," atebais.

"A'r wers ganu?"

"Iawn."

"Diwrnod mawr fory," meddai Mam. "Well i ti fynd i'r gwely'n gynnar heno i orffwyso'r llais."

Gwgais, er nad oedd hi'n gallu fy ngweld, a mynd yn syth i'r stafell fyw i wylio'r teledu.

Roedd y papur wal wedi hanner ei dynnu oddi ar wal y stafell fyw. Papur blodeuog. Roedd Mam a Dad wedi prynu hen dŷ Fictoraidd ac wedi dechrau ei ddiweddaru. Roedd teimlad oer i'r tŷ gan nad oedd llenni ar y ffenestri a chan nad oeddem wedi dadbacio popeth eto. Daeth Dad i mewn â bocs pren yn llawn llyfrau yn ei freichiau. Rhoddodd gusan ar fy moch.

"Diwrnod da?" gofynnodd.

"Iawn," atebais i.

Gwyliais Dad yn gosod y llyfrau ar y silffoedd mawr derw – *Geiriadur yr Academi*, *Y Cydymaith i Lenyddiaeth Gymraeg*, *Y Golygiadur* ac amryw o lyfrau gramadeg. Erbyn i Dad gyrraedd y set o gyfansoddiadau'r Eisteddfod Genedlaethol roeddwn wedi dechrau pendwmpian ar y soffa.

♥

Deffrais fore Sadwrn gyda wyneb Jan yn glir fel ffotograff o flaen fy llygaid. Mae'n rhaid fy mod wedi bod yn breuddwydio amdani. Roeddwn yn teimlo'n nerfus.

Oherwydd y gystadleuaeth? Neu am fy mod i'n gorfod canu yn erbyn Jan? Doeddwn i ddim yn rhy siŵr.

Dim ond Mam oedd yn dod gyda fi i'r steddfod, diolch byth. Roedd Dad yn rhy brysur yn tynnu gweddillion y papur wal ond byddai e'n aros yn eiddgar i Mam decstio'r canlyniad ato. Teimlwn dan bwysau cyn dechrau! Roedd Mam yn ei dillad gorau – bŵts at ei phengliniau, teits du a rhyw dair blows ar ben ei gilydd mewn gwahanol fathau o lwyd. Dyma'r wisg brynodd hi pan gafodd ei derbyn i'r Orsedd y llynedd am ei chyfraniad i'r byd cyfieithu.

"Gwna dy ore," meddai Mam wrth yrru'n araf a gofalus tuag at neuadd y dre, "a dylet ti fynd drwodd heb drafferth."

Llyncais fy mhoer wrth feddwl am ymateb Jan tasen i'n mynd trwodd.

"Ma'r safon yn uchel fan hyn," rhybuddiais. "Ma Jan, oedd yn ca'l gwers yr un pryd â fi n'ithwr… ma hi'n dda."

"Jan? Jan! Sa i 'di clywed yr enw 'na ar lwyfan steddfode."

"Ma hi'n dda, ma hi wedi ennill yn y sir sawl gwaith…"

"Twt, ti'n well na phawb," meddai Mam yn swrth a throi sain Radio Cymru lan hyd yn oed yn uwch.

Ochneidiais. Doeddwn i wir ddim yn edrych ymlaen at heddiw o gwbwl.

♥

"A'r nesa ar y llwyfan yw Jan Jones. Rhowch gymeradwyaeth iddi."

Cerddodd Jan i flaen y llwyfan yn heriol gyda'i thrwyn yn yr awyr. Daeth bloedd o gymeradwyaeth o gyfeiriad y gynulleidfa. Roedd ganddi lawer o ffrindiau, yn amlwg.

Dechreuodd y cyfeiliant piano a disgynnodd tawelwch ar hyd y neuadd. Canodd Jan fel aderyn. Edrychais ar wyneb Mam. Roedd hi'n edrych yn eitha siomedig a dweud y gwir. Ai am fod dillad Jan mor amhriodol neu am fod Jan yn canu'n dda? Syllais arni hi'n gwgu. Yna, fe gofiodd fod pobol o'i chwmpas ac fe ailafaelodd yn ei gwên a churo'i dwylo yr un mor frwdfrydig â phawb arall.

Gwyliais Jan yn cerdded oddi ar y llwyfan fel brenhines, gan daflu un edrychiad hy tuag ata i. Roeddwn i'n teimlo'n sâl o feddwl taw fi oedd y nesa i ganu.

"Ac yn olaf… rhowch groeso i Catrin Myrddin."

Dwi ddim yn cofio cyrraedd canol y llwyfan. Es yno fel ysbryd, yn benysgafn ac yn ddieithr i gyd. Dechreuodd cyfeiliant y piano a thynnais anadl ddofn wrth edrych ar Mam. Teimlwn yn bum mlwydd oed eto, yn ennill fy nghystadleuaeth gynta.

Roedd yn rhaid i mi wneud fy ngorau glas. Canais. Canais yn uchel, yn swynol, yn sensitif. Canais fel aderyn. Canais gydag egni merch fach bum mlwydd oed.

Daeth diwedd y gân a churodd pawb eu dwylo ac fe wenodd Mam arna i a wincio. Roedd rhes o blant o'r ysgol o fy mlaen yn hanner gwenu arna i ond doeddwn i ddim yn adnabod 'run ohonyn nhw. Teimlwn yn hyderus eto tan i mi weld wyneb Jan. Doedd hi ddim yn gwenu.

Roedd hi'n ddiwedd bore erbyn i'r canlyniad gyrraedd llaw'r arweinydd ar y llwyfan. Erbyn hynny roeddwn i a Mam wedi bwyta'r *wraps* hwmws a salad, wedi yfed y *latte* o'r fflasgiau bach ac wedi esgus mwynhau dwy gystadleuaeth llefaru.

"Ac yn awr at ganlyniad yr unawd i ferched. Yn drydydd, Sian."

Curo dwylo. Gwenu.

"Yn ail… Jan. Ac yn gynta, Catrin!"

Bloeddio a chymeradwyo…

Cerddais i'r llwyfan a gafaelais yn fy nhystysgrif â'm coesau fel jeli. Doeddwn i ddim yn gallu edrych ar Jan.

"Da iawn, bach," meddai Mam wrth fy nghofleidio.

"Ond beth am Jan?" meddwn yn ddagreuol.

"Ti o'dd yr ore. Ble ti'n mynd?"

"Dw i moyn awyr iach."

Rhedais o'r neuadd ac anadlu awyr oer mis Mawrth. Oeddwn i fod yn hapus neu'n drist neu'n ofnus?

"Ast."

Torrodd llais caled Jan ar draws fy meddyliau. Trois i'w gweld gyda dwy ferch arall y naill ochor a'r llall iddi.

"Ti'n mynd i ddifaru hyn."

A gyda hynny, trodd Jan a mynd yn ôl i mewn i'r neuadd a'm gadael yn crynu. Doeddwn i wir ddim yn edrych ymlaen at fynd i'r ysgol ddydd Llun.

Pennod 2

FORE LLUN FE gyrhaeddais i'r ysgol yn ofnus ond yn trio peidio dangos hynny. Trwy lwc, fe ganodd y gloch yn syth fel nad oedd yn rhaid i fi sefyllian o gwmpas y coridor. Roeddwn i'n ofnus wrth fynd o wers i wers am nad oeddwn i'n adnabod unrhyw un, oni bai am Jan. Ond welais i mohoni drwy'r bore. Mae'n rhaid fy mod wedi poeni heb eisiau. Gobeithio ei bod wedi anghofio am yr hyn ddywedodd hi ddydd Sadwrn. Gobeithio nad oedd hi'n dal dig taw fi aeth â'r wobr gynta. Yn ystod amser egwyl fe ddaeth merch ata i. Roedd ganddi lygaid glas, gwallt melyn a diod yn ei llaw.

"Haia. Ffion ydw i."

"Haia. Catrin."

"Dw i'n gwbod. Ti yw'r ferch newydd sy'n gallu canu'n dda."

"Pwy wedodd?" gofynnais yn ofnus.

"O'n i yna ddydd Sadwrn. O't ti'n wych. Sa i'n credu bod neb 'di curo Jan o'r bla'n." Oedodd cyn chwerthin a dweud, "Ti'n ddewr iawn."

Canodd y gloch a gorffennodd Ffion ei diod a dweud yn garedig, "Ti'n dishgwl ar goll yn llwyr. Be sy 'da ti nesa?"

"Hanes dw i'n credu."

"Dilyna fi 'te."

Arweiniodd Ffion y ffordd drwy'r adeilad tuag at y dosbarth cywir.

"Shwt ferch yw Jan?" gofynnais.

Gwenodd Ffion. "Iawn – os ti'n rhan o'i chriw hi. Ond

ma hi'n cadw pellter… Sa i'n nabod neb sy 'di bod i'w thŷ hi…"

"Ond ma lot o ffrindie 'da hi," meddwn i.

"Oes. Ond neb sy wir yn 'i nabod hi. Ma nhw jyst yn ofnus ohoni. A fydden i ddim yn lico'i chroesi hi."

♥

Daeth diwedd y dydd a gydag ochenaid o ryddhad fe adewais yr ysgol ar ôl diwrnod digon rhyfedd. Roedd hi'n od dechrau ysgol newydd a dod yn adnabyddus yn syth fel enillydd unawd. Yn fy hen ysgol, roeddwn i'n boblogaidd am fy mod wedi dod ag enw da i'r ysgol mewn eisteddfodau. Doedd dim gelynion gen i. Ond roedd rhyw deimlad, yn y fan hyn, nad oeddwn wedi chwarae'r gêm yn iawn ac nad oedd ennill yn mynd i fod o 'mhlaid i. Cerddais am adre. Rhyw ugain munud i ffwrdd oedd ein tŷ ni a doedd dim ots gen i gerdded. Roeddwn yn mwynhau'r awyr iach. Roeddwn ar fin troi i mewn i'n stryd ni pan ddaeth llais caled, cyfarwydd i 'nharo, gan wneud i mi oedi.

"'Co hi. Ti'n cwato neu be?"

Trois i weld Jan yn sefyll wrth y wal gyda'i dwy ffrind, a'i breichiau wedi eu plethu. Roedden nhw wedi fy nilyn adre!

"Ti moyn cwmni? O's ofan arnat ti?" gofynnodd un o'r ffrindiau yn goeglyd.

Ysgydwais fy mhen. "Dw i'n iawn. Dw i bron yna."

"Dw i'n iawn! Dw i bron yna!" meddai'r ffrind arall gan fy ngwatwar.

Chwarddodd y tair yn uchel wrth i fi gerdded i fyny'r stryd gyda 'nhrwyn yn yr awyr, yn esgus 'mod i'n poeni dim.

Cyrhaeddais gât y tŷ â'm gwynt yn fy nwrn. Doeddwn i erioed wedi bod mor falch i weld y tŷ newydd. Edrychai'n fwy fel cartre nag erioed. Ond wrth i fi roi fy allwedd yn nhwll y clo clywais chwerthin. Trois i weld y tair yn syllu arna i o'r ochor draw i'r hewl.

"Ti'n dawel iawn," meddai Mam wrth i ni'n tri fwyta te. "O's rhywbeth yn bod?"

Atebais i ddim.

"Ysgol yn iawn?"

"Odi."

"Ti 'di neud ffrindie?"

"Ambell un."

"Rhai teidi gobeithio."

Tynnais anadl ddofn. "Mam…?"

"Gwranda, cariad, ma lot o waith cyfieithu gyda fi heno felly alla i ddim treulio lot o amser 'da ti. Pam na ei di i dy lofft i neud dy waith cartre ac fe awn ni dros yr unawd cyn i ti fynd i'r gwely…?"

Ges i ddim cyfle i ateb gan fod Mam wedi troi'r radio ymlaen ac wedi dechrau canu iddi hi ei hun yn dawel.

Codais a mynd i fy llofft.

Roedd hi'n hwyr ond fe benderfynais gael cip ar Facebook cyn mynd i gysgu. Dyna oedd y drefn bob nos ers misoedd bellach. Ymolchi, gwisgo pyjamas a mynd ar Facebook. Roedd toreth o negeseuon gan fy hen ffrindiau yn fy aros a theimlwn hiraeth ofnadwy wrth eu darllen.

Gweld dy eisiau. Oddi wrth Mererid

Llongyfarchiade yn y steddfod. Siwan

Dere 'nôl! Bethan

Beth am i ni gwrdd dros y penwythnos…? Elin

Ystyriais a fyddai'n bosib i fi fynd i gwrdd â rhai ohonyn nhw ond mae'n debyg y byddai gan Mam gynlluniau ar fy nghyfer. Atebais:

Joio mas draw.

Gweld eich eisiau i gyd. Methu dod penwythnos hyn…

Wrth fynd drwy'r cwbwl, fe welais i gais gan Ffion i mi fod yn ffrind iddi. Gwenais a chytuno. O leia roedd gen i rywun yn yr ysgol oedd yn fy hoffi. Yna fe welais gais ffrind gan wyneb dieithr. O edrych yn fanylach, sylweddolais taw wyneb Jan oedd e. Pam oedd hi am fod yn ffrind i fi? Oedd hi wedi newid ei meddwl amdana i? Falle ei bod yn difaru bod mor gas tuag ata i ac am ymddiheuro am gynne. Cliciais i dderbyn ei chais ffrind…

… a dyna'r peth gwaetha wnes i erioed.

Ymhen pum munud roedd neges wedi cyrraedd gan Jan:

Gobitho bod ti ddim wedi neud dy waith cartre! Neu fydd trwbwl.

Atebais i ddim. Yna daeth neges arall:

Dere â digon o arian cinio gyda ti fory. Bydd dy ffrind newydd am ei rannu. O, a gwisga sgidie sydd damed bach yn fwy cŵl, er mwyn dyn!

Diffoddais y ffôn ac eistedd ar erchwyn y gwely. Syllais o fy mlaen gan deimlo ar goll. Dyna'r teimlad mwya unig i mi ei gael yn fy mywyd.

♥

Deffrais gan wybod 'mod i wedi troi a throsi drwy'r nos. Codais, gwisgo, molchi a mynd lawr llawr. Sylwodd Dad yn syth fod rhywbeth yn bod.

"Ti'n dishgwl wedi blino."

"Gysges i ddim lot."

"Popeth yn newydd i ti, twel. Newid rwtîn. Newid ffrindie. Newid byd."

"Ga i arian? Ma rhyw drip yn cael ei drefnu yn yr ysgol. Ma isie deg punt arna i."

Aeth Dad i'w boced a rhoi papur deg punt i fi.

Gwenais arno, pocedu'r arian a bwyta fy mrecwast, er bod y tost yn troi arna i.

"Joia!" oedd ei eiriau wrth i fi ddiflannu drwy'r drws, yn teimlo'n sâl fel ci.

Y tu allan, fe es i i fy mag ac estyn sgidiau du gyda sodlau cymharol uchel o ganol y llyfrau. Tynnais fy sgidiau parchus, eu stwffio i waelod y bag a gwisgo'r rhai cŵl. Byddai Mam wedi fy lladd i ond doedd dim y gallai hi ei wneud os nad oedd hi'n gwybod. Cerddais, ychydig yn lletchwith, i gyfeiriad yr ysgol. Roedd wâc boenus ac anodd o fy mlaen i!

"Gwaith da," meddai Jan gan bocedu'r deg punt. "Da iawn ti. Lico'r sgidie 'fyd!"

Teimlwn yn annifyr ac yn wan iawn o fod wedi ildio iddi. Ddywedais i ddim gair, dim ond mynd am fy nosbarth cofrestru. Clywais Jan yn chwerthin wrth fy ngwylio i'n trio cerdded. Ond o leia fe adawodd hi lonydd i fi am weddill y diwrnod. Chwiliais am Ffion ond doedd hi ddim yn ymddangos ei bod yn yr ysgol. Teimlwn yn unig eto. Roedd pawb mor cŵl o'u cymharu â fi. Pawb yn siarad rhyw 'iaith' arbennig, yn dweud geiriau penodol ar yr adegau iawn ac yn chwerthin ar bethau nad oeddwn i'n eu gweld yn ddoniol. Doedd dim syniad gen i sut i ddod yn rhan o unrhyw un o'r criwiau. Pe byddwn i'n cŵl hefyd efallai y byddai Jan yn fy nerbyn, yn bod yn ffrind i fi fel na fyddai arna i ei hofn rhagor. Ond doedd hi ddim yn siarad â fi. Er hynny, o leia doedd hi a'i ffrindiau ddim yn pigo arna i ac roedd hi i weld fel pe bai wedi ei bodloni.

Es i ar Facebook yn ystod fy awr ginio a theipio rhywbeth annoeth ond dewr iawn.

Dim gwaith cartre i fi heno. Gall yr athrawon diflas aros am unwaith.

Dyna beth ysgrifennais i, gan obeithio y byddai Jan yn ei ddarllen. Lwcus nad oedd fy mam yn ffrind Facebook i fi!

Erbyn diwedd yr awr ginio doedd neb wedi hoffi fy statws felly dyma benderfynu rhoi rywbeth arall. Rhywbeth mwy mentrus.

Falle wna i ddim ffwdanu mynd i'r gwely heno. Teledu hwyr amdani. Ffilm arswyd falle.

♥

Fe wnes i lwyddo i osgoi Jan a'i ffrindiau ar fy ffordd adre, diolch byth. Ar ôl cyrraedd, fe es i fy stafell i wneud fy ngwaith cartre, ond ddim cyn i mi droi'r cyfrifiadur ymlaen a tsiecio fy negeseuon Facebook eto. Roedd neges gan Jan:

Well bo ti o ddifri am beidio neud gwaith cartre neu bydd trwbwl...

Dyma fi'n difaru'n syth 'mod i wedi rhoi rhywbeth mor ffôl ac mor fyrbwyll ar Facebook. Beth oedd yn bod arna i? Fe allai unrhyw un o'r athrawon ei weld. Bûm mewn gwewyr am yr awr nesa. Beth ddyliwn i ei wneud? Gwneud y gwaith neu beidio? Petawn i'n ei wneud, byddai Jan yn gwneud rhywbeth cas i fi yng ngŵydd pobol eraill. Petawn i ddim yn ei wneud, byddai'r athrawon yn gandryll a byddwn mewn trwbwl gyda nhw a Mam a Dad!

Yn sydyn, dyma neges arall yn ymddangos ar y sgrin oddi wrth Jan. Y tro hwn roedd hi'n neges gyhoeddus i bawb ei gweld.

Mae Catrin mor sgwâr. Sylwch ar ei gwallt a'i dillad hi fory!

O fewn munudau roedd neges arall. Un breifat.

Dw i'n disgwyl i ti fod yn haerllug tuag at Mrs Evans yn y wers Maths fory...

Dechreuais grio'n dawel wrth weld nad oedd Jan yn poeni

dim am fy ngwatwar yn gyhoeddus. Sut yn y byd oeddwn i'n mynd i allu bod yn haerllug yn y dosbarth? Nid merch fel yna oeddwn i.

♥

Dw i'n gas, dw i'n gwbod 'mod i. Tyff. Sa i'n lico unrhyw un sy'n sefyll yn fy ffordd i. Sa i'n lico unrhyw un sydd ddim yn neud beth wy moyn iddyn nhw neud... A phan dda'th Catrin i'r ysgol ro'n i'n gwbod yn syth beth o'n i'n feddwl ohoni yn 'i dillad drud a'i sgidie trwm. Digon o arian i ga'l y gore o bopeth... yn wahanol i fi. Hen ast sy 'di ca'l ei sbwylo. Popeth yn berffeth. Mami a Dadi yn caru'i gilydd. Catrin fach yn ca'l popeth.

Pan enillodd hi'r unawd yn y Steddfod Sir ro'n i'n ei chasáu hi. Canu. Dyna'r unig beth o'dd 'da fi o'dd yn sbesial i fi. Yr unig beth o'n i'n gallu neud yn dda. O'dd pawb yn edrych mla'n i 'nghlywed i yn y steddfod ac yn gweiddi a chlapio pan fydden i'n ennill – ennill yn hawdd. A nawr, ma hi Catrin wedi dwyn hwnna wrtha i.

O'n i'n becso am ddweud wrth Dad 'mod i wedi colli yn y steddfod. Ma fe wrth ei fodd yn gwrando arna i'n canu. Dyna'r unig beth sy'n rhoi gwên ar ei wyneb e'r dyddie hyn. Syrthiodd ei wyneb pan wedes i, "Dad, dw i mas. Sa i 'di ennill" ac fe a'th e'n syth i nôl potel o win coch a dechre yfed ohoni.

"Sori," meddwn i.

Atebodd e ddim.

"Be sy i swper?" gofynnais.

"Bydd rhaid i ti fynd i'r siop i whilo am rwbeth," oedd ei ateb.

Es i ddim. Doedd dim arian nac amynedd gyda fi. Dw i

ddim yn gwbod pryd oedd y tro dwetha i Dad a fi gael swper iawn gyda'n gilydd. A dweud y gwir, dw i ddim yn gwbod pryd wnaethon ni unrhyw beth gyda'n gilydd ddwetha.

Dw i'n joio bod yn gas i bobol. Pam lai? Pam ddylen i fod yn falch dros bobol er'ill pan ma 'mywyd i'n ddiflas a di-nod? Pam ddylen i barchu unrhyw un pan ma pawb yn edrych lawr eu trwyne arna i?

Ers i Mam fynd dw i 'di gorfod dibynnu ar Dad. Ond dyw e ddim yn gallu bod yn fam ac yn dad i fi 'run pryd. Ma pobol sydd â dau riant mor lwcus. Mor lwcus.

Dw i'n unig blentyn a dw i'n unig.

Drannoeth fe driais i siarad â Mam a Dad o gwmpas y bwrdd brecwast.

"Dw i ddim yn mwynhau mynd i'r ysgol," dywedais yn blwmp ac yn blaen.

"Sori?" meddai Mam wrth dywallt mêl dros ei huwd.

"Ysgol. Dw i ddim yn hapus," dywedais eto, yn uwch.

"Sdim lot o ddewis 'da ti," meddai Mam yn llym. "Dyna'r unig ysgol Gymraeg yn yr ardal. A dwyt ti ddim yn symud ysgol eto!"

Ochneidiais.

"Beth yw'r broblem 'te?" gofynnodd Dad gan godi ei lygaid o'r papur.

"Sdim llawer o ffrindie gyda fi," atebais.

"Fe ddaw pethe'n well," oedd ateb Dad. Ac yna fe blygodd y papur a chodi i fynd i'r gwaith.

Rhoddodd Mam ei phowlen yn y peiriant golchi llestri a mynd i chwilio am ei chot.

"Welwn ni ti heno," meddai Mam a dilyn Dad am y drws.

"Joia dy ddiwrnod," meddai Dad a chwythu cusan ata i.

Caeodd y drws yn glep ac roedd atsain y prysurdeb yn dal i fod yn y gegin funudau yn ddiweddarach. Eisteddais yn llonydd a theimlo'n unig, unig. Roedd tri ohonom yn byw yn y tŷ ond rywsut roedd pawb yn cadw ato'i hunan. Roedd hi fel pe na bai ots gan Mam a Dad amdana i mewn gwirionedd.

Dim ots o gwbwl.

♥

Yn y wers Mathemateg fe eisteddais yn y cefn. Daeth Jan i mewn i'r stafell ac eistedd wrth fy ochor. Ddywedodd hi ddim byd. Daeth Ffion i mewn ac eistedd ym mhen arall y dosbarth. Roeddwn yn gwaredu na allai Ffion fod wedi cyrraedd yn gynt fel y gallai hi fod wedi eistedd gyda fi cyn i Jan gael cyfle.

Syllai Jan arna i drwy'r wers. Roedd fy llaw yn crynu ychydig wrth i mi drio datrys y problemau roedd Mrs Evans wedi eu rhoi ar y bwrdd gwyn. Roedd y symiau'n hawdd. Trueni na allwn ddatrys fy mhroblemau innau yr un mor hawdd.

"Dw i eisiau casglu'ch gwaith cartre chi," meddai Mrs Evans.

Gwyliais ddisgyblion y dosbarth yn nôl eu llyfrau gwaith cartre o'u bagiau ac yn eu rhoi i Mrs Evans wrth iddi fynd o gwmpas pob desg yn eu casglu.

Oedodd hi wrth fy nesg i a Jan a dal ei llaw allan.

"'Co chi, Mrs Evans," meddai Jan a rhoi ei llyfr iddi.

"Catrin?" gofynnodd Mrs Evans.

Cochais at fy nghlustiau.

"Dw i ddim wedi'i neud e," atebais mewn llais bach.

"Beth?" gofynnodd Mrs Evans mewn syndod.

"Dw i ddim wedi'i neud e," atebais yn uwch.

Erbyn hyn roedd tawelwch annifyr wedi disgyn dros yr holl ddosbarth. Roedd pawb wrth eu bodd 'mod i'n mynd i fod mewn trwbwl.

"Ti ddim yn ddigon haerllug," sibrydodd Jan yn fy nghlust.

"Pam, Catrin?" gofynnodd Mrs Evans yn grac.

"Dw i jyst ddim!" atebais yn uwch eto, mewn llais mor haerllug ag y gallwn.

"Mas!" meddai Mrs Evans a phwyntio at y drws.

Paciais fy mag ac allan â fi i sefyll y tu allan i'r drws, gan weddïo na fyddai Mrs Evans yn dweud wrth fy rhieni.

❤

Ddiwedd y dydd, wrth droi am adre, roeddwn i'n fwy nerfus na ddoe hyd yn oed wrth feddwl am wynebu Jan a'i chriw. Ond, er mawr syndod, ges i wên ganddi.

"Ti moyn cwrdd heno?" gofynnodd.

Doeddwn i ddim yn gwybod beth i'w ddweud.

"Allwn ni fynd i'r parc. I eistedd ar y fainc. Yr un wrth y sleid?" meddai hi.

"Iawn. Chwech o'r gloch?"

"Wela i di 'na."

Ac am chwech ar ei ben roeddwn yn eistedd ar fainc y parc gyda Jan. Roeddwn yn syllu ar fy nhraed heb wybod beth yn y byd i'w ddweud. Roedd hi'n dawel am unwaith.

"Be ti moyn?" gofynnais.

"Sbort," atebodd

"Pam wyt ti mor gas?" gofynnais.

"Dw i moyn dy helpu di," meddai hi.

"I neud be?" gofynnais yn ddiniwed.

"I fod yn fwy… yn fwy ffasiynol." Oedodd. "Dy lunie di ar Facebook… so nhw'n cŵl iawn. A dy ddillad di… Ma isie i ti ga'l gwared ar y *blazer* ysgol 'na. Neu fydd neb yn lico ti."

"Sa i'n gwbod…"

"Creda fi. Gwranda arna i," meddai.

"Iawn," meddwn i. Doedd dim llawer o ddewis gen i yn y mater. Roedd Jan yn ferch benderfynol, a haws oedd ildio iddi.

"'Na i roi benthyg dillad i ti… gei di'u gwisgo nhw a dynna i lunie i ti ga'l eu rhoi nhw ar Facebook, iawn?"

"Iawn," meddwn i, heb ddeall yn iawn beth oedd ganddi mewn golwg.

"Grêt," meddai Jan a chodi i fynd. "Ma'r ddwy ohonon ni'n deall ein gilydd 'te. Wela i di fory."

Aeth hi am adre a gwenais. Teimlwn fy mod wedi dod dros rwystr mwya fy mywyd. Byddai sefyll ar lwyfan a chanu yn hawdd, hawdd ar ôl hyn. Es i adre a chysgu drwy'r nos.

Pennod 3

Nos Wener oedd y noson. Roeddwn i'n gwybod bod Mam a Dad yn mynd i ryw dwmpath gyda'r gymdeithas Gymraeg roedden nhw newydd ymuno â hi. Bydden nhw'n mynd mas yn aml hebdda i. Roeddwn wedi hen arfer â'r sefyllfa erbyn hyn. Doedden ni ddim y math o deulu oedd yn eistedd o gwmpas y tân yn gwylio'r teledu gyda'n gilydd neu'n trafod pethau. Ta beth, roedd heno'n fy siwtio. Roeddwn yn gwybod na fydden nhw 'nôl am oriau felly dyma gyfle delfrydol i Jan a fi ddod at ein gilydd. Roeddwn i, mewn rhyw ffordd ryfedd, yn edrych ymlaen at gael ei chwmni heb fod unrhyw un arall o gwmpas. Roedd hi'n un o'r bobol yna yr oedd yn well eu cael ar eich ochor chi.

"Ma bwyd yn yr oergell i ti. Paid â byta gormod o greision a phaid aros lan yn rhy hwyr," meddai Mam wrth roi minlliw coch llachar ar ei gwefusau.

"Ond gei di wylio beth bynnag ti moyn ar y teledu," meddai Dad gyda gwên, a cherddodd y ddau mas o'r tŷ yn llawn cyffro am y noson o hwyl oedd o'u blaenau.

Pawb at y peth y bo! meddyliais yn dawel bach.

Ymhen tipyn daeth cnoc ar y drws ac es i'w agor. Cerddodd Jan i mewn heb edrych arna i.

"Posh," meddai, gan edrych o'i chwmpas. "Digon o arian."

"Ti moyn lemonêd neu sudd oren neu rwbeth?"

Chwarddodd Jan. "O's alcohol 'da ti?"

"Na," atebais mewn syndod.

Chwarddodd Jan eto.

"Dim byd?"

"Sori, dim ond wisgi gore Dad... O, a gwin."

"Dim diolch. Reit, ma dillad 'da fi fan hyn i ti wisgo. Ti'n edrych fel bo ti tua'r un maint â fi..."

Tynnodd bentwr o ddillad allan o'i bag ac fe edrychais i drwyddyn nhw. Sgert ledr fer, fer, pâr o sgidiau â sodlau uchel iawn, a thop oedd yn debycach i dop bicini na dim byd arall. Doeddwn i ddim eisiau gwisgo'r rhain ond roedd arna i ofn ypsetio Jan.

"O's unrhyw beth arall?" gofynnais.

"Ma lliw haul ffug fan hyn 'fyd," meddai gan estyn potel i mi.

"Sa i'n ca'l, smo Mam yn fodlon," meddwn yn wan.

"Smo Mam yn fodlon!" meddai'n watwarus. "Neith e olchi bant, paid becso."

Cytunais wisgo'r lliw haul a'r dillad am fod cytuno yn haws na pheidio.

"Lan llofft?" meddai hi.

Arweiniais Jan lan y grisiau gan deimlo'n chwithig iawn fy mod wedi gwahodd rhywun dieithr i'r tŷ heb ganiatâd fy rhieni. Sylwais fod Jan yn syllu ar bob modfedd o'r tŷ gan ryfeddu. Tybed sut gartre oedd ganddi hi? Cofiais fod Ffion wedi dweud nad oedd unrhyw un o'r ysgol wedi bod yno.

Rhoddodd Jan help llaw i fi daenu'r lliw haul ffug dros fy nghorff. Roedd yn deimlad rhyfedd – roedd yn stwff oer a gludiog ac roedd arogl rhyfedd arno. Doeddwn i ddim wedi gweld y fath beth o'r blaen. Doedd Mam yn sicr ddim yn gwisgo unrhyw beth fel hyn.

"Sefa'n llonydd am funud iddo fe ga'l sychu."

Dilynais gyfarwyddiadau Jan a sefyll fel bwgan brain yng nghanol fy stafell yn ei gwylio hi'n busnesu yn y cypyrddau a'r droriau. Teimlwn yn ddiniwed iawn wrth iddi chwerthin a gwatwar fy mhethau.

"Ti'n lico pinc, on'd wyt ti? A miwsig plentynnedd… trist iawn."

"'Na beth o'dd fy ffrindie i gyd yn yr hen ysgol yn lico."

"Gei di wisgo'r dillad 'ma nawr."

Gwasgais fy hun i ddillad anghyfforddus Jan heb feddwl gormod am yr hyn roeddwn i'n ei wneud ac fe steiliodd Jan fy ngwallt o flaen y drych. Teimlwn yn rhyfedd. Nid fi oedd y person oedd yn syllu 'nôl o'r drych. Nid fi, o bell ffordd. Ond os oedd gwneud y pethau hyn yn mynd i wneud i Jan fy hoffi, yna beth oedd gen i i'w golli?

"Dyma shwt dw i moyn i ti sefyll."

Safodd Jan gyda'i phen ar un ochor a'i gwefusau'n drwchus. Roedd hi'n edrych fel cantores bop neu fodel.

"Wir? O's raid?"

"Oes. Dyna be ma merched ein hoedran ni i gyd yn neud. A dyma shwt ni'n gwisgo… wel, merched cŵl. Dw i ddim yn gwbod shwt bobol ti 'di bod yn cymysgu 'da nhw cyn i ti ddod fan hyn ond o'n nhw'n bendant ddim yn cŵl! A dyw Ffion ti'n hongian rownd 'da hi nawr ddim yn cŵl chwaith. 'Sen i ddim yn mynd yn agos ati. Ma hi mor ddiflas."

Triais wenu wrth sefyll fel model wrth i Jan dynnu llwyth o luniau ohona i. Teimlwn lawer yn hŷn fel hyn. Teimlwn fel rhywun yn mynd mas i'r dre am y noson. Diolchais na allai fy ffrindiau yn fy hen ysgol fy ngweld. Diolchais hefyd na allai Mam fy ngweld. Meddyliais am Mam a Dad yn eu twmpath a theimlo fel crio.

Clic. Clic. Tynnodd Jan lwyth o luniau a theimlai fel pe bawn wedi bod yn sefyll yno ers oriau. O'r diwedd, rhoddodd ei ffôn yn ei phoced.

"Wedi bennu!" meddai Jan

"Ga i dynnu'r dillad 'ma nawr?"

"Cei."

"Ga i weld y llunie?"

"Na."

"Pam?"

"Gei di weld nhw wedyn. Ma gormod ohonyn nhw. Af i drwyddyn nhw'n gynta."

Roeddwn wedi gobeithio y byddai Jan yn aros am baned a sgwrs a gwylio DVD ond hel ei phethau wnaeth hi'n syth a mynd am y drws.

"Wela i di yn yr ysgol? A gewn ni fynd trwy'r llunie a dewis pa un i'w roi ar Facebook?" gofynnais.

"Wela i di fory."

"Fory?"

"Ie. Ti'n dod mas 'da fi i'r dre."

"Sa i'n gwbod os dw i'n ca'l."

"Gwrdda i ti wrth y parc am saith."

Saith? Sut gallwn i berswadio Mam a Dad i adael i fi fynd mas ar nos Sadwrn? Doeddwn i erioed wedi gwneud hynny o'r blaen. Tair ar ddeg oeddwn i. Ond allwn i ddim cyfadde wrth Jan fod hynny'n broblem. Y cwbwl wnes i oedd gwenu a'i gwylio hi'n mynd drwy'r drws. Rhedais yn syth i'r gawod a sgrwbio pob modfedd o 'nghroen. Ond sylwais yn reit sydyn nad oedd y lliw haul yn dod i ffwrdd yn hawdd. Damo! Roedd yn dal i lynu at fy nghroen fel rhyw atgof erchyll. Syllais ar fy nghroen brown afiach oedd yn batsys drosto i gyd. Beth ddywedai fy rhieni? Es yn syth i'r gwely fel na fyddai'n rhaid i fi eu hwynebu tan y bore.

♥

Drannoeth, er ei bod hi'n fore braf, fe wisgais siwmper â llewys hir a throwsus a sanau fel na fyddai unrhyw un yn sylwi ar y lliw haul ffug. Diolch i'r drefn fod Mam yn brysur yn coginio tra oeddwn yn bwyta fy mrecwast.

"Twmpath da?" gofynnais.

"Arbennig," atebodd. "Lot o sbort. O'dd tipyn o dy athrawon di yna."

Gwgais wrth ddychmygu Mam yn trio siarad gyda fy athrawon ysgol.

'Mam? Ga i fynd mas heno?"

"Mas? I ble?"

"I'r sinema 'da un o'n ffrindie newydd i."

Atebodd Mam ddim am funud, yna dywedodd, "Iawn. Pam lai! Ond bod ti 'nôl fan hyn erbyn sha deg."

Suddodd fy nghalon.

"Ond dyw'r ffilm ddim yn dechre tan hanner awr wedi saith."

"Wel, os yw popeth yn iawn gyda dy dad, gei di fynd. Ond bydd rhywun yn gorfod dy godi di. Dw i ddim moyn ti'n cerdded 'nôl yn y tywyllwch."

"Diolch!"

Byddai cywilydd gen i orfod cael Mam a Dad yn dod i fy nôl i o'r dre, ond o leia ni fyddai raid i mi siomi Jan.

Roeddwn wedi bod yn sefyll wrth y parc am ddeg munud

– mewn cot drom hyd y llawr i guddio 'nghroen – ond doedd dim sôn am Jan. Dechreuais feddwl fy mod wedi gwneud camgymeriad. Yn sydyn, dyma hi'n ymddangos.

"Be sy dan y got 'na i gyd?" Edrychodd ar fy jîns a fy siwmper, a chwerthin. "Lwcus bo fi 'di dod â'r rhain."

Rhoddodd fag plastig i fi gyda'r un dillad â neithiwr ynddo.

"Ti ddim yn gwisgo *make up* chwaith! O'n i'n ame."

Ysgydwodd ei phen mewn ffieidd-dra.

"Pam na wedest di bod y lliw haul ddim yn dod bant?" gofynnais.

Chwerthin wnaeth Jan eto.

"Ti fel hen fenyw!" meddai.

"Ble ni'n mynd heno 'te?" gofynnais.

"Dere."

Roeddwn yn dechrau blino ar ddilyn cyfarwyddiadau Jan drwy'r amser fel pa bawn i'n blentyn yn ufuddhau i'w fam! Aethon ni tu ôl i glawdd ac fe agorodd Jan fag plastig a thynnu caniau o seidr ohono. Rhoddodd hi un i fi.

"Yfa hwnna," meddai.

Roedd arna i ofn. Beth petai rhywun yn dod i ddeall ein bod o dan ddeunaw oed? Beth petai rhywun yn galw'r heddlu?

Doeddwn i ddim am ddadlau rhag i mi beidio ymddangos yn cŵl felly yfais lwnc mawr o'r seidr. Roeddwn yn teimlo'n ysgafn i gyd ar ei ôl. Dw i'n cofio Jan yn dweud storïau amdani'n dod fan hyn sawl tro o'r blaen ac yn yfed caniau gyda'i ffrindiau. Dw i'n cofio meddwl fy mod wedi bod yn byw bywyd gwahanol iawn i Jan. Dw i ddim yn cofio llawer mwy, a dweud y gwir.

Ddau gan o seidr yn ddiweddarach, cafodd Jan lond bol ar fy nghwmni ac fe aeth hi.

"Wela i di ddydd Llun," meddai a mynd o'r golwg a'm gadael yn y parc. Cerddais tuag at yr heol a thecstio Dad:

Mae'r ffilm 'di bennu.

Ddeg munud yn ddiweddarach, roeddwn yn sefyll wrth y sinema yn gwylio car Dad yn cyrraedd, a Mam yn eistedd yn y sedd flaen wrth ei ochor. Roedd hi'n ymdrech fawr i fi ymddwyn fel pe bawn i'n iawn ac wedi treulio'r noson o flaen sgrin fawr. Teimlwn yn sâl ac yn wag. Eisteddais yn y sêt gefn a chau fy llygaid.

"Ti'n iawn?" gofynnodd Dad

Amneidiais.

Gwgodd Dad.

"Shwt o'dd y ffilm?"

"Iawn," atebais mewn llais rhyfedd.

"Ti 'di bod yn yfed?" Llais Mam oedd nesa.

Roedd y lle'n troi erbyn hyn. Cyn i fi allu ateb, chwydais drwy ffenest agored y car.

Doeddwn i ddim mewn unrhyw stad i ateb cwestiynau'r noson honno. Anfonodd Mam fi'n syth i'r gwely. Ond y bore wedyn, roedd tipyn o waith egluro gen i i'w wneud. Deffrais yn teimlo'n sâl ac yn benysgafn i gyd. Roedd meddwl am y seidr yn fy ngwneud i deimlo'n waeth. Llusgais fy hun at y drych. Dyna beth oedd golwg ofnadwy! Roeddwn i'n edrych fel ysbryd.

Doeddwn i ddim yn cofio llawer am neithiwr. Roeddwn i'n cofio diwedd y noson, wrth gwrs, ond beth am yr oriau cyn hynny? Oeddwn i wedi gwario unrhyw arian? Pwy dalodd am y caniau? Mae'n rhaid fod Jan wedi dod â nhw gyda hi. Es i chwilio drwy fy mag am fy mhwrs. Roedd e'n teimlo'n ysgafn. Agorais y pwrs a gweld ei fod yn wag. Roeddwn yn gwybod bod ugain punt ynddo cyn i mi adael y tŷ.

Codais fy ffôn yn llawn hyder a thecstio Jan:

Haia. Wyt ti'n iawn? Dw i wedi colli arian o fy mhwrs. Wyt ti wedi ei weld e?

Daeth ateb o fewn munudau:

Tâl i fi oedd yr ugain punt. Am noson ddiflas.

Cefais fy ysgwyd gan ateb Jan. Es i lawr llawr a pharatoi fy hun am stŵr. Ddywedodd Dad ddim llawer, dim ond gadael y gwaith holi i gyd i Mam. A doedd Mam ddim yn deall. Ddim yn deall pam y dywedais i gelwydd, pam fy mod yn teimlo'r angen i fynd mas a pham yn y byd fy mod wedi teimlo'r angen i yfed alcohol a dweud celwydd. Ac wrth gwrs, fe sylwodd hi ar y lliw haul ffug a doedd hi ddim yn hapus am hwnnw chwaith.

"Ma'n ddrwg 'da fi, Mam," dywedais.

"Dw i'n siomedig iawn," oedd ei hateb.

"O'n i ddim yn sylweddoli beth o'n i'n neud," mynnais.

"Pwy o'dd gyda ti?"

"Jan. O'n i jyst yn trio bod yn ffrind iddi."

Er i mi drio esbonio fy mhroblem gyda Jan, roedd Mam yn dewis clywed yr hyn roedd hi eisiau ei glywed yn unig. Doedd ymddiheuro ddim yn ddigon da chwaith.

"Os ddigwyddith hyn 'to, bydd yr ysgol yn ca'l clywed," meddai Mam.

Y bore wedyn, cerddais i'r ysgol yn teimlo fel person arall. Nid Catrin oeddwn i. Roeddwn wedi troi'n berson arall dros y penwythnos. Roedd wynebu Mam a Dad, a'u siomi, wedi bod yn anodd ond roeddwn yn gobeithio y byddai hyn i gyd yn werth y drafferth a'r dadlau. Gobeithio fy mod wedi talu am fod yn ddiflas ac y byddai Jan yn symud ymlaen i bigo ar rywun arall. Gobeithio y byddai bywyd yn haws o hyn ymlaen.

Ond ro'n i'n ffôl i feddwl y fath beth…

Ar yr iard, roedd pobol yn syllu arna i. Ai oherwydd y lliw haul? Er, roeddwn yn siŵr ei fod wedi pylu tipyn ers nos Wener. Ond roedd pawb yn chwerthin arna i. Trois y gornel a dod wyneb yn wyneb â Jan. Roedd hithau'n chwerthin yn dawel bach.

"Haia, ti'n iawn?" gofynnais.

Atebodd hi ddim.

"O's rhywbeth yn bod?" gofynnais.

Dim ond chwerthin eto wnaeth Jan, a cherdded i ffwrdd.

Dechreuais boeni. Cerddais tuag at y dosbarth a gweld Ffion yn hongian ei chot. Roedd hi hefyd yn edrych yn rhyfedd arna i.

"Ti'n ddewr iawn," meddai.

"Sa i'n deall," atebais.

"Facebook," meddai.

Edrychais yn syn arni.

"Wyt ti'n gwbod?"

"Gwbod be?"

"Am y llunie."

"Pa lunie?"

"Dy lunie di ar Facebook," meddai.

Es i'n syth i fy mag ac agor fy nhudalen Facebook ar fy ffôn.

Yn fy wynebu, wedi eu tagio gan Jan, roedd rhes o luniau ohona i yn sefyll fel model ac yn syllu'n syth at y camera – llunie wedi eu doctora, eu trin a'u newid i wneud i fi edrych yn rhyfedd. Ac yna, roedd rhes o luniau ohona i gyda chan o seidr yn fy llaw yn edrych yn feddw gaib.

Es i'n wyn.

Es i'n oer.

Ro'n i mewn cymaint o sioc nes 'mod i'n methu siarad. Mae'n rhaid taw Jan oedd wedi gwneud hyn. Sut allwn i fod wedi bod mor dwp?

Pennod 4

"CATRIN? DERE. MAE'N wyth o'r gloch!"

Daeth llais Mam i 'nghlustiau. Anwybyddais hi a rhoi fy mhen yn ôl o dan y cwilt. Ar ôl munud neu ddwy, clywais sŵn traed Mam yn dod i fyny'r grisiau.

Dechreuais grio.

"Beth yn y byd?"

Tynnodd Mam y cwilt yn ôl a chael sioc o 'ngweld i'n crio ac yn edrych fel drychiolaeth ar ôl noson arall o ddiffyg cwsg.

"Catrin! Be sy 'di digwydd? Ti'n dost?"

Codais ar fy eistedd.

"Mam. Alla i ddim mynd i'r ysgol."

Man a man i fi ddatgelu'r cwbwl wrth Mam. Dangosais y lluniau Facebook iddi. Aeth hi'n welw.

"Sa i'n deall. Pwy roddodd rhein ar y we?"

"Jan."

"A beth yn y byd yw'r dillad hyn? O, na! Pwy sy 'di rhoi'r llunie ohonot ti yn yfed alcohol?"

Cyfaddefais y cwbwl. Erbyn hyn roedd y dagrau yn powlio i lawr fy wyneb. Roeddwn yn disgwyl i Mam fynd yn wyllt. Roeddwn yn disgwyl gorfod mynd i'r ysgol a wynebu pawb ac wedyn dod adre a gorfod aros yn fy stafell drwy'r nos. Roeddwn yn disgwyl y gwaetha.

"Catrin fach," meddai Mam yn annisgwyl, "ti 'di ca'l amser ofnadw. Ma'r ferch 'ma wedi dy drin di fel baw. Gei di aros adre heddi…"

"Plis paid dweud wrth yr ysgol…" ymbiliais.

"Ddim yr ysgol sy'n mynd i sorto hyn mas, ond fi."

Suddodd fy nghalon.

"Dw i moyn gwbod pwy yw'r Jan 'ma a ble ma hi'n byw."

♥

Am hanner awr wedi tri roedd Mam a fi'n eistedd yn y car y tu allan i'r ysgol yn aros am Jan. Roeddwn i'n crynu. Roedd y rhan fwya o'r plant wedi gadael a'r ddwy ohonon ni wedi dechrau meddwl nad oedd Jan yn yr ysgol neu ein bod wedi ei cholli rywsut.

"Sdim isie neud hyn, Mam," mynnais. "Alla i sorto pethe mas."

"Ma isie rhoi stop ar y ferch 'ma, unweth ac am byth," oedd ateb swta Mam.

Yn sydyn, dyma Jan yn ymddangos.

"Dyna hi, honna yw Jan," dywedais wrth Mam mewn llais tawel.

"Mm, ie. Iawn," atebodd hithau'n dawel.

Aildaniodd Mam yr injan a dechrau gyrru'n araf y tu ôl i Jan, yn y gobaith o'i dilyn hi adre heb iddi droi ei phen a'n gweld ni. Troi cornel, i fyny'r stryd a throi eto ac yn sydyn fe ddaeth y stryd o dai i ben. Diflannodd Jan dros y glaswellt ac i mewn i'r coed. Dyna ryfedd. I ble oedd Jan yn mynd? Parciodd Mam y car.

"Dyma lle mae'r gamlas," meddai Mam.

Dilynodd y ddwy ohonon ni'r un llwybr â Jan nes cyrraedd y gamlas. Doeddwn i ddim wedi bod yn y rhan yma o'r dre o'r blaen. Ymestynnai'r gamlas o'n blaenau fel bath hir, cul yn llawn dŵr llonydd, brown. Roedd rhes o gychod hir wedi eu hangori a'u clymu ar y dŵr. Roedd un yn fwy di-raen na'r lleill ac arno roedd lein ddillad â dillad ysgol Ysgol Trehafod yn chwythu yn y gwynt. Dillad Jan?

"Fan hyn ma hi'n byw?" gofynnodd Mam mewn llais snobyddlyd.

A chyn iddi gael cyfle i ddweud unrhyw beth arall, ymddangosodd Jan yn nrws y cwch. Safodd yno yn stond a syllu arna i a Mam. Dw i ddim yn siŵr pwy gafodd y sioc fwya – hi neu fi.

"Jan?"

"Ie," atebodd Jan yn heriol.

"Pwy wyt ti'n feddwl wyt ti?" meddai Mam yn ymosodol. "Pam nest ti'r pethe creulon 'na i Catrin? Ma hi mewn stad ofnadwy. Ble ma dy fam a dy dad? Dw i isie gair â nhw!"

Gyda hynny, ymddangosodd dyn yn y drws. Dyn tal, tenau heb siafio na chribo ei wallt. Roedd golwg sâl arno. Croen melyn a llygaid dwfn, difywyd.

"Janine, pwy sy 'na? Be chi moyn?" gwaeddodd.

"Ma'ch merch chi'n fwli!" gwaeddodd Mam yn ôl. Chafodd hi ddim ateb.

Roeddwn i'n disgwyl i Mam fynd amdani nawr a cholli ei limpin yn llwyr ond y cyfan a glywais oedd tawelwch. Roedd wyneb Mam wedi troi'n wyn ac roedd hi'n syllu ar y dyn fel pe bai hi wedi gweld ysbryd.

"Jim?" meddai'n syn.

Edrychodd y dyn arni eto a thynnu anadl ddofn.

"Eirlys?" meddai.

Oedd y ddau'n adnabod ei gilydd?

"Be ti'n neud fan hyn?" gofynnodd Mam.

"Cer o 'ma," meddai Jim.

"Rhaid i ni siarad," meddai Mam a chamu i'r cwch yn hollol hyderus.

Dilynais hi ac, er mawr cywilydd i Jan, fe welais gyflwr y lle. Roedd caniau cwrw a photeli gwin dros y lloriau; roedd y bwrdd heb ei sychu a darn o fara stêl arno. Roedd y sinc yn llawn o lestri gydag olion bwyd wedi sychu arnyn nhw. Edrychai Jan fel pe bai'n mynd i grio. Roedd hyn wedi ei dryllio.

"Cer o 'ma!" gwaeddodd Jim.

"Jan? Janine! Wrth gwrs! Ar ôl yr holl flynyddo'dd... 'Sen i ond wedi gwbod pan weles i hi yn y steddfod...." meddai Mam.

"Cer."

"Shwt ti'n eu nabod nhw?" gofynnais wrth Mam, ond nid atebodd.

"Be sy 'da ti i gwato?" gofynnodd Mam wrth Jim.

"Jyst cer o 'ma neu bydd trwbwl," atebodd hwnnw.

"Iawn, os dyna ti moyn, ond ar un amod," meddai Mam. "Bod Janine yn dileu'r llunie ofnadw o Catrin oddi ar Facebook."

Edrychodd Jim ar Jan ac fe amneidiodd hithau.

"A dw i moyn ymddiheuriad," meddai Mam.

"Sori," meddai Jan.

"Nawr, cer. Neu ti'n mynd i ddifaru dod fan hyn," meddai Jim.

Cydiodd Mam yn fy llaw a'm harwain yn ôl ar hyd y llwybr tuag at y coed ac am y ffordd. Edrychais yn ôl ar wyneb Jan. Nid y Jan galed, gref oedd yn edrych yn ôl arna i ond merch ifanc, druenus, heb ffrind yn y byd.

"Shwt ti'n nabod tad Jan?" gofynnais yn daer.

"Wel... o'dd e yn y coleg 'da fi..."

Teimlwn rywsut nad oedd Mam yn bod yn gwbwl onest.

"Pwy yw e?"

"Neb o bwys."

Celwydd eto, dw i'n siŵr. Fyddai Mam byth wedi ymateb fel hyn wrth gwrdd â rhywun nad oedd o bwys.

"Plis dwed y gwir wrtha i," ymbiliais ar Mam.

Roedden ni bron â chyrraedd adre. Oedodd Mam wrth y drws ffrynt.

"Ma rhaid i ti addo rhywbeth i fi," meddai mewn llais difrifol.

Edrychais arni'n syn.

"Paid siarad â Janine eto. Paid trio bod yn ffrind iddi. A paid byth â mynd i'w chartre hi eto. Ti'n addo?"

"Ond pam?"

"Plis, Catrin. Addawa hyn i fi."

"Addo," meddwn yn bwdlyd a dilyn Mam i mewn i'r tŷ, gan deimlo'n fwy dryslyd ac ofnus nag oeddwn i cyn i ni fentro i gartre Jan yn y lle cynta. Roedd cymaint o gwestiynau heb eu hateb:

Pam oedd Jan yn byw mewn cwch ar gamlas?

Pwy oedd Jim?

Beth oedd yn bod arno?

A beth oedd ei berthynas gyda Mam? Roedd rhywbeth wedi digwydd rhyngddyn nhw rywbryd. Beth?

Ac yn bwysicach nag unrhyw beth arall, sut oeddwn i'n mynd i lwyddo i osgoi Jan am weddill fy mywyd a hithau yn yr un flwyddyn ysgol â mi?

Pennod 5

GES I HI neithwr. A dim 'y mai i o'dd e. Dim 'y mai i o'dd e fod Catrin a'i mam wedi ffindo mas ble o'n i'n byw... er, falle 'mod i wedi gofyn am drwbwl yn herio Catrin o hyd, yn chware tricie mor gas arni. Dw i'n difaru nawr. Pam odw i mor greulon weithie?

Alla i ddim help 'mod i'n teimlo fel hyn. Mae e yn fy natur i. Sbeit falle. Unigrwydd. Diflastod. Dim i'w wneud?

Ers colli ei waith, mae Dad yn gwylio'r teledu ac yn yfed o hyd. A dyna pam gollodd e ei waith, am ei fod e weithiau'n anghofio mynd i'r swyddfa ac yn treulio'r diwrnod cyfan yn yfed gwin neu gwrw. A dyna pam gollon ni'r tŷ a dyna pam r'yn ni'n byw fan hyn, yn y cwch 'ma...

Pan o'n i'n fach, o'n i wastad isie cwch. Wastad isie gallu mynd pryd bynnag o'n i moyn, i ben draw'r byd. Pysgota, nofio, gorwedd yn yr haul a'r cwbwl yn bosib heb orfod gadael gartre o gwbwl. Ond nid dyma'r math o gwch o'n i moyn. O'n i ddim wedi breuddwydio am hen sied bren oedd yn pydru a hen gelfi henffasiwn y tu mewn, yn staeniau i gyd. A gwely oedd byth yn cael ei newid oni bai taw fi oedd yn penderfynu gwneud hynny... Mae byw ar gamlas yn iawn, ond nid fan hyn. Dw i'n gwynto dŵr brwnt ac olew y peth cynta yn y bore a'r peth dwetha yn y nos cyn syrthio i gysgu. Dyna'r gwynt sy'n hofran yn fy mreuddwydion... ac a fydd yn fy ffroenau am byth, siŵr o fod.

A heddiw, daeth hi yma. Catrin. Y ferch berffaith yn ei dillad glân yn dod i fusnesan. Hi a'i mam. Y fenyw â'r gwallt a'r colur perffaith, yn dod i weld pwy o'n i, ac yn ypsetio Dad.

Pwy yw hi?

Eirlys?

Pwy yw Eirlys?

Beth yw ei pherthynas â Dad?

Sut o'dd hi'n gwbod ei enw? Mae hi'n adnabod Dad o rywle.

Ar ôl iddyn nhw fynd, aeth Dad yn wallgo. Taflu potel win wag yn erbyn y wal yn ei dymer a honno'n chwalu'n siwrwd mân dros bob man. Fi oedd yn gorfod clirio'r darnau i gyd wedyn.

"Pwy yw hi?" gofynnais.

Dim ateb.

"Plis, Dad..."

"Jyst addo i fi bod ti ddim yn neud dim 'da'r ferch 'na 'to. Iawn?"

"Iawn, Dad." Ro'n i'n gwbod nad oedd dewis gen i ond gwrando ar Dad neu fyddai 'mywyd i ddim gwerth ei fyw.

Pennod 6

DEFFRAIS Y BORE wedyn yn llawn teimladau cymysg. Tsieciais fy ffôn. Roedd y lluniau hyll ohona i wedi mynd, diolch byth. Doeddwn i ddim yn poeni cymaint am fynd i'r ysgol a wynebu Jan. Ar ôl gweld lle roedd hi'n byw roeddwn wedi dechrau teimlo trueni drosti. Roedd rhywbeth yn bod. Er eu bod yn dad a merch, doedden nhw ddim fel pe baen nhw'n byw ar yr un blaned â'i gilydd, heb sôn am fyw ar yr un cwch. Ac roedd y dyfnder yn llygaid Jim yn awgrymu bod rhyw hanes trist iddo. Roedd gen i deimlad fod yr hanes hwnnw yn rhywbeth i'w wneud â Mam. Roeddwn wedi addo i Mam na fydden i'n ymwneud â 'Janine' mwyach. Ond, ar y llaw arall, roedd cymaint o gwestiynau wedi eu codi, sut gallwn i adael i bethau fod? Roeddwn am ddod at wraidd y peth a dod i wybod pam roedd Jan a'i thad yn ymddangos mor anhapus. Roedd hynny'n bwysicach i fi na chadw fy addewid i Mam. Byddai cadw Jan ar fy ochr yn sicrhau bod fy mywyd yn yr ysgol yn fwy hwylus ac yn fwy hapus.

Y wers gynta y bore hwnnw oedd Cymraeg. Cyrhaeddais yn gynnar ac eistedd yn ymyl Ffion. Wrth i'r disgyblion eraill gyrraedd a llenwi'r lle gyda'u sŵn, roeddwn yn wyliadwrus i weld pwy oedd yn edrych yn rhyfedd arna i. Pwy oedd wedi gweld y lluniau? Ond ddywedodd neb air, dim ond dilyn y drefn arferol o bwnio'i gilydd yn chwareus a herio'i gilydd cyn nôl eu llyfrau o'u bagiau ac aros am yr athrawes.

"Ble o't ti ddoe?" gofynnodd Ffion.

"Dost," atebais, gan osgoi ei llygaid.

"Falch bod ti'n well," atebodd.

Yna, cyrhaeddodd Jan. Edrychodd arna i a dweud dim cyn mynd i eistedd yng nghefn y dosbarth. Fe fuodd hi'n dawel iawn drwy'r wers. Ni chafwyd y Jan hy arferol yn ateb cwestiynau gyda geiriau gwirion neu'n herio'r athrawes. Rywsut, roedd hi wedi torri – yn ei llais, yn ei cherddediad ac yn ei hedrychiad.

Es i ati amser cinio gan i mi ei gweld heb neb o'i chwmpas.

"Haia," gofynnais. "Ti'n ocê?"

Anwybyddodd hi fi a cherdded i ffwrdd. Dilynais, yn benderfynol o'i chael hi i sgwrsio. Efallai y byddai hi'n falch o gael ffrind os oedd ei bywyd mor wael.

"Plis siarad â fi," meddais ond doedd Jan ddim am droi. "Anghofia am y llunie. Dw i'n fodlon madde i ti."

"Madde? Sdim iot o ots 'da fi am hynny!" meddai Jan yn chwerw.

"Dw i moyn dod i dy nabod di. Pam wyt ti a dy dad yn byw ar gwch?"

Oedodd Jan, troi ac edrych arna i fel petawn i'n faw.

"Paid ti â meiddio!" poerodd.

"Be?"

"Paid ti â meiddio dweud wrth neb am fy nghartre i. Dyw e'n ddim o dy fusnes di. Cadw bant wrtha i!"

"Ond…"

"Cadw bant neu fe weda i wrth Dad. Ma fe'n amlwg yn casáu dy fam di… ac os glywith e bod ti 'di bod yn trio busnesu yn ein bywyde ni, fe laddith e ti a dy fam…"

Oedais a gadael i Jan gerdded i lawr y coridor. Beth yn y byd oedd ystyr hyn i gyd?

Hyd yn oed petawn i am wrando ar Jan, a hyd yn oed petawn i am roi llonydd iddi hi a'i thad a'i bywyd, nid felly oedd pethau i fod, yn anffodus. Y prynhawn hwnnw fe gafodd y ddwy ohonon ni ein galw i swyddfa'r brifathrawes.

Eisteddom o'i blaen heb ddweud yr un gair wrth ein gilydd.

"Newyddion da sydd gen i, ferched," meddai Mrs Humphreys. "Mae Eisteddfod yr Urdd wedi ffonio ac maen nhw wedi penderfynu, wn i ddim pam, fod y cynta a'r ail o'r Steddfod Sir yn cael mynd drwodd i'r Genedlaethol 'leni. Llongyfarchiade!"

Gwenais mewn rhyddhad. Colli yn y Steddfod Sir oedd asgwrn y gynnen rhyngdda i a Jan. Nawr, efallai y byddai modd i ni fod ar delerau da wedi'r cwbwl. Edrychais ar Jan. Roedd hi'n anodd darllen ei hwyneb.

"Rhagor o wersi canu gyda'n gilydd," dywedais yn ysgafn.

Cododd Jan. "Diolch, Mrs Humphreys. 'Na i roi gwbod i Dad."

Cerddodd o'r stafell ac fe wenais i ar Mrs Humphreys a dilyn Jan.

"Jan! Janine!" galwais ar ei hôl. Roeddwn am drafod y peth gyda hi.

Ond mynd yn ei blaen wnaeth Jan i gyfeiriad y tai bach. Wrth agosáu ati fe welais ei bod yn ei dagrau.

"Be sy'n bod?" gofynnais. "Plis dwed wrtha i."

"Fyddet ti ddim yn deall," atebodd.

"Falle fydden i, dw i moyn bod yn ffrind i ti."

"Pam yn y byd fyddet ti moyn bod yn ffrind i fi? Ti'n rhy neis."

Tynnodd Jan anadl ddofn.

"Sori am y llunie," meddai.

Roedd ei hymddiheuriad fel mellten. Yn hollol annisgwyl.

Yna dechreuodd grio eto.

"Sneb wedi dangos cyfeillgarwch fel hyn o'r blaen."

"Ond ma lot o ffrindie 'da ti," dywedais yn eiddigeddus.

"So nhw'n lico fi. Ma nhw ofon fi."

"Ti'n mynd i weud wrtha i be sy'n bod?" gofynnais yn garedig.

Am eiliad, meddyliais fod Jan am agor ei chalon ond fe sychodd ei dagrau yn sydyn a chodi ar ei thraed.

"Dw i'n iawn," meddai.

Aeth am y drws a dilynais hi, yn llawn syndod.

"Plis siarad â fi," meddwn i.

Anwybyddodd Jan fi'n llwyr a cherdded yn ei blaen fel pe bai dim byd wedi digwydd o gwbwl.

♥

Y noson honno, tra oeddwn yn gwneud fy ngwaith cartre, ces i decst gan Jan.

Dere i gwrdd â fi yn y parc.

Doeddwn i ddim yn gwybod oedd hi o ddifri neu beidio. Beth os taw tric cas arall oedd hwn? Meddyliais yn galed cyn penderfynu fy mod am fynd i gwrdd â Jan. Roeddwn yn dychmygu ei bod hi'n dal i fod yn ypsét felly dihangais o'r tŷ heb i Mam a Dad sylwi.

♥

Roedd Jan yn eistedd ar un o'r siglenni. Doedd dim colur ar ei hwyneb ac fe edrychai'n druenus.

"Be sy'n bod, Jan?" gofynnais.

"Dad," meddai Jan. "Dyw e ddim yn gallu stopo yfed. Sdim byth lot o fwyd 'da ni. Sdim byth arian. Sdim byd ond alcohol yn ei fywyd e. 'Na pam 'nes i ddwgyd yr arian wrthot ti."

Doeddwn i ddim yn gwybod beth i'w ddweud. Doeddwn i ddim wedi dod ar draws sefyllfa fel hyn o'r blaen. Ond roedd hyn yn esbonio'r olwg ryfedd yn llygaid Jim ac yn esbonio pam nad oedd cartre go iawn ganddo fe a Jan.

"Ma raid i ti ddweud wrth yr athrawon," dywedais.

"Sa i'n credu," dywedodd Jan. "'Newn nhw fyth ddeall. Ta beth, sa i moyn iddyn nhw wbod."

Bu tawelwch wrth i Jan syllu o'i blaen.

"Ble ma dy fam 'te?" gofynnais.

"Nath hi adel pan o'n i'n fabi. Rhodden i unrhyw beth i'w cha'l hi 'nôl."

"O's syniad 'da ti ble ma hi?"

"Na."

"Odi dy dad yn gwbod ble ma ddi?"

Ysgydwodd Jan ei phen. "Ma fe'n gwrthod siarad amdani. Sa i'n gwbod beth ddigwyddodd. Yr unig beth dw i'n 'i wbod yw ei henw hi – Rhian."

"O's unrhyw beth alla i neud i helpu?"

"Allet ti helpu fi ei ffindo ddi? Edrych ar hwn," meddai Jan, a sŵn cyffro yn ei llais.

Tynnodd amlen o'i phoced a'i hagor. Ynddi roedd llun o fenyw mewn sgert fer iawn a fest. Roedd hi fel pe bai hi'n dawnsio mewn clwb nos. Roedd ei hwyneb wedi ei droi i'r ochor, oddi wrth y camera.

"Pwy yw hi?" gofynnais.

"Mam," atebodd Jan.

"Dyma'r unig lun sy 'da fi a dw i ffaelu gweld 'i hwyneb hi," meddai a thristwch ofnadwy yn ei llais.

"Ble ma'r llunie erill?"

"Dwi 'di chwilio a chwilio. Mae'n rhaid bod Dad wedi ca'l gwared ohonyn nhw."

Doeddwn i ddim yn gwybod beth i'w ddweud.

"Edrycha ar ei braich hi," meddai Jan.

Edrychais yn ofalus. Roedd tatŵ siâp calon ar ei braich, ac enw ynddo.

"Os edrychi di'n agos, fe alli di ei ddarllen," meddai Jan.

"Gwenan?"

"Na, dw i'n meddwl taw 'Gwernant' yw e. Dyna'r unig gliw sy 'da fi am Mam. 'Nei di helpu fi ffindo mas pwy neu beth yw Gwernant?"

"Nag wyt ti 'di treial cyn hyn?" gofynnais yn chwilfrydig.

"Sawl gwaith. Ond sdim syniad 'da fi ble i ddechre."

"Na fi," meddwn i.

"Ond ma dy dŷ di'n llawn llyfre a *laptops*. Ma dy rieni'n gwbod pethe…"

"Dria i 'ngore…" atebais.

Roeddwn i'n crynu. Roedd Jan wedi ymddiried yndda i ac roedd sialens enfawr o fy mlaen.

Pennod 7

"HELÔ!" BLOEDDIAIS WRTH agor y drws ffrynt. Dyna oedd fy nghyfarchiad dyddiol ar ôl dod adre o'r ysgol, er nad oedd neb byth yn y tŷ i'm cyfarch yn ôl. Byddwn i'n treulio rhyw ddwy awr ar fy mhen fy hun cyn i Mam a Dad ddod adre. Fel arfer byddwn i'n gwneud fy ngwaith cartre yn barod i Mam edrych drosto, ac yna'n paratoi te. Dim byd poeth – salad neu rywbeth y byddai Mam wedi ei baratoi'r noson cynt. Doedd Mam ddim yn fodlon i fi ddefnyddio'r ffwrn. Doedd hi ddim yn ymddiried yndda i. Ddim yn ymddiried yndda i ynglŷn â sawl peth. Byddai'r gwacter yn y tŷ yn codi ofn arna i weithiau yn y gaeaf pan oedd hi'n tywyllu'n gynnar. Dyna'r adegau pan fyddwn i'n dyheu am gael brawd neu chwaer. Ond heno ro'n i'n falch o'r amser, gan fod her yn fy wynebu.

Es i mewn i swyddfa fy rhieni ac estyn llyfrau gwybodaeth oddi ar y silffoedd. Roedd fy nhad-cu ar ochr Mam yn darlithio mewn prifysgol a ninnau fel teulu wedi etifeddu llawer o lyfrau. Roedd Mam wrth ei bodd yn eu gweld ar y silffoedd ond doeddwn i ddim wedi ei gweld yn cydio mewn llyfr a'i ddarllen ers tipyn.

Fe ddes i o hyd i atlas, a map o Gymru ynddo. Ac yna fe gydiais mewn llyfr am enwau llefydd yng Nghymru. Eisteddais gyda phaned o de ac edrych drwy'r llyfr o dan y llythyren G.

Garnant…

Gilwern…

Gwernant…

Roedd y ffasiwn le yn bodoli! Gwenais wrth sylweddoli pa mor hawdd oedd hi wedi bod i mi ganfod hyn. Serch hynny, doedd y wybodaeth ger yr enw ddim yn taflu llawer o oleuni ar y dirgelwch. Y cwbwl oedd yna oedd y geiriau:

Gwernant.

Nant Gwern. Gwern, mab Branwen ym Mhedair Cainc y Mabinogi. Ceredigion.

Yna fe agorais yr atlas. Doedd y dasg o weld ble roedd y lle ddim mor hawdd. Doeddwn i ddim wedi sylweddoli bod cymaint o lefydd yng Ngheredigion a, hyd y gallwn i weld, doedd dim tre na phentre o'r enw Gwernant yno. Roedd problem yn fy wynebu, felly. Beth fyddai'r cam nesa? Yn sydyn, torrodd sŵn drws yn agor ar draws fy meddyliau.

"Helô!"

Dad. Roedd Dad adre. Daeth i mewn i'r swyddfa.

"Be ti'n neud?"

"Gwaith cartre," atebais yn llawn celwydd. "Daearyddiaeth. Dw i'n trio ffindo faint o bentrefi bach sydd yng Ngheredigion."

"Lot fawr," meddai Dad wrth syllu ar y map gyda fi. "Ac ma 'na beth wmbreth o ffermydd. 'Na beth yw llawer o'r rhain," meddai gan bwyntio at enwau mân fel Ty'n y Wern ar hyd y papur. "Ac ma enwau ar y caeau hefyd, twel. Edrych – Y Ddol…"

Aeth Dad i'r gegin a llenwi'r tegell â dŵr. Fferm, meddyliais. Efallai nad enw tre neu bentre oedd Gwernant wedi'r cwbwl, ond enw fferm.

Yn yr ysgol drannoeth fe eisteddodd Jan a finne flaen gliniadur yn y llyfrgell. Teipiais y geiriau 'Fferm Gwernant' yn y bocs chwilio a daeth rhestr o ganlyniadau i fyny o'n blaen.

"Mae fferm Gwernant ar werth yn ôl hwn," meddwn i, ar ôl clicio ar lun yng nghanol y canlyniadau.

Syllodd Jan ar y llun.

"Mae'n edrych yn hen," meddai.

"Beth am i ni fynd yna?" cyhoeddais, a darllen y wybodaeth o dan y llun. "Mae'r cyfeiriad fan hyn – Fferm Gwernant, Aberporth, Ceredigion."

"Ond shwt?" gofynnodd Jan.

"Dal bws. Ma arian 'da fi, paid becso," meddwn i. "Bws o Gaerfyrddin i Aberteifi ac wedyn dal bws i Aberporth."

Gwenodd Jan arna i. "Ti wir yn meddwl bod pwynt?"

"Ma raid i ni drio," atebais. "Awn ni fory?"

Cofleidiodd y ddwy ohonon ni yn llawn cyffro, ac yn barod ar gyfer ein hantur.

Pennod 8

"W, MAE'N OER!" meddai Jan wrth i ni aros yn yr arhosfan bysys.

Roedden ni'n dwy wedi codi am chwech ac wedi sleifio allan o'n cartrefi i ddal y bws i Aberporth. Roeddwn i wedi gadael nodyn i Mam a Dad yn dweud 'mod i wedi mynd i lyfrgell y dre am y dydd i wneud prosiect ysgol. Bydden nhw'n derbyn hynny heb ofyn unrhyw gwestiynau.

"Ble ma dy dad yn meddwl wyt ti?" gofynnais i Jan.

"Sdim ots 'da fe," meddai hi. "So fe'n gwbod ble odw i hanner yr amser."

Roedd Jan wedi llwyddo i rhoi llwyth o golur ar ei hwyneb er ei bod wedi gadael y tŷ mor gynnar. Roedd ei dillad yn ffasiynol hefyd.

"Ble ti'n ca'l yr arian i brynu dillad mor ffasiynol?" gofynnais.

"Dw i'n gweitho," atebodd.

Synnais wrth glywed hyn. Sut oedd merch dair ar ddeg oed wedi llwyddo i ddod o hyd i waith?

"Ma siop trin gwallt rad yn y dre. Dw i'n brwsio'r llorie iddyn nhw bob dydd Sadwrn, ond gofynnes i am ddiwrnod bant heddi," meddai.

"Fydde Mam byth yn gadel i fi weitho," dywedais yn siomedig.

"Ma Dad moyn i fi weitho," oedd ateb Jan. "Fel arfer, fi sy'n gorfod prynu bwyd os nag o's arian 'da fe."

Cyrhaeddodd y bws a dringodd y ddwy ohonon ni arno

a mynd i'r seddi cefn. Dechreuodd y bws ar ei siwrnai a dechreuais deimlo'n hollol nerfus. Beth yn y byd oedd o'n blaenau ni?

♥

Erbyn i'r ail fws gyrraedd Aberporth roedden ni wedi bwyta brechdan gaws yr un ac wedi yfed coffi o fflasgiau bach Mam. Doeddwn i ddim yn hoff iawn o goffi ond eto roeddwn yn teimlo taw dyna beth oedden ni i fod i'w yfed ar daith hir. Roeddwn yn teimlo'n sâl fel ci, a dweud y gwir, ac yn falch o gamu oddi ar y bws poeth a chael awyr iach.

"Ble nawr 'te?" gofynnodd Jan.

Tynnais fap Ordnans manwl allan o'r bag.

"Bydd yn rhaid i ni gerdded i chwilio am fferm Gwernant," atebais.

"Ydy e'n bell?"

"Dim syniad."

Doedd Jan ddim yn edrych yn hapus iawn wrth i mi droi at y map a dechrau cerdded.

"Sdim dewis 'da ni ond cerdded," meddwn i.

"So ti 'di trefnu hwn yn dda iawn, wyt ti?" atebodd.

"Gwranda. Os nag wyt ti'n hapus 'da'r trefniade, cer i whilo am dy fam ar dy ben dy hunan," meddwn innau'n siort.

Edrychodd Jan arna i mewn syndod. Doedd hi ddim wedi disgwyl i fi ateb yn ôl mor gas. Ond o gael ei rhoi yn ei lle, roedd hi'n edrych yn fwy bodlon, fel pe bai hi'n fy mharchu rywfaint yn fwy. Roeddwn i'n falch 'mod i wedi codi fy llais hefyd. Hen bryd.

Fe gerddon ni am amser hir, ac fe siaradon ni'n dwy fel pwll y môr a dod i adnabod ein gilydd yn dda. Roedd y daith yn bell a'r holl gerdded yn waith caled. Roedd y cymylau wedi gwahanu ac awyr las wedi ymddangos. Yna, wrth i'n traed boethi ac wrth i'r sgidiau ddechrau rhwbio'r croen, fe ddiflannodd ein brwdfrydedd ac fel petai'r awyr yn ymuno â'n hwyliau drwg ni fe aeth hi'n llwyd ac yn dywyll. Ac yna daeth cawod o law i roi rhagor o damprwydd ar ein cynlluniau. Ond mae'n rhaid dweud nad oes dim byd fel taith bell i glymu dau berson at ei gilydd.

Dywedodd Jan y cwbwl wrtha i am ei thad. Am yr yfed, y gwario a'r diffyg diddordeb ynddi hi.

"Ma fe'n gwrthod derbyn bod problem 'da fe," meddai'n drist.

"Ma raid bod 'na rywun all helpu," atebais.

"Fel pwy? Dw i 'di trio ffono pobol. 'Di trio'i ga'l e i fynd i gyfarfodydd… grwpie… lle ma nhw'n gallu'ch helpu chi."

Sylweddolais fod Jan wedi gweld ac wedi clywed pethau mawr yn ifanc iawn. Roeddwn i'n teimlo'n hynod o flin drosti.

"Ti mor lwcus," meddai. "Ma dy rieni di mor… iawn, mor dda. Yn amlwg yn dy garu di. Fyddi di byth yn unig."

Oedais cyn ateb, yna cyfaddefais bethau wrth Jan nad oeddwn wedi eu hyngan wrth unrhyw un o'r blaen. A dweud y gwir, doeddwn i ddim wedi cyfadde'r pethau hyn i fi fy hun hyd yn oed.

"Ond dw i'n unig hefyd."

Edrychodd Jan yn hurt arna i.

"So pethe'n fêl i gyd yn 'y mywyd i, ti'n gwbod… Dw i'n teimlo weithe bo fi'n fethiant i Mam a Dad."

Gwrandawodd Jan yn astud.

"Nid fi yw'r ferch y dylen nhw fod wedi ei cha'l. Ro'n nhw'n amlwg moyn rhywun mwy galluog a mwy talentog. Ma nhw moyn i fi neud yn dda trw'r amser. Ennill yn y steddfod. Bod y gore yn y dosbarth. Mam yw'r gwaetha. Dw i byth yn teimlo 'mod i'n ddigon da iddi."

"Ti sy'n meddwl hynny…"

Ysgydwais fy mhen.

"A'r cwbwl ma nhw wir moyn yw llonydd i weitho ac i joio'u bywyde. Dw i yn eu ffordd nhw."

Gwenodd Jan arna i a gafael yn fy llaw.

"Ni'n dwy mor wahanol ond, rywffordd, ma'n bywyde ni'n debyg iawn."

Meddyliais am hyn wrth i ni ddal i gerdded a sylweddoli ei bod hi yn llygad ei lle.

Roedd hi'n hwyr y bore erbyn i ni gyrraedd y lle ar y map oedd yn dynodi ble roedd fferm Gwernant.

"Dyma ni," dywedais, wrth weld yr enw ar y gât.

Roedd cae o'n blaenau ar ymyl y ffordd ac roedd ffermdy yno, yn sicr, ond doedd dim sôn am fywyd. Dim anifail na pherson yn unman. Ond roedd yr enw Gwernant yn glir. Cerddon ni at yr adeiladau llwyd ac o fewn dim fe ddaeth hi'n amlwg nad oedd unrhyw un yn byw yno. Dyna beth oedd siom. Ar ôl yr holl ddisgwyl, yr holl deithio, yr holl gerdded...

"Bydd rhaid i ni fynd 'nôl 'te," dywedais yn siomedig.

Roedd Jan yn fud. Dechreuodd gerdded o fy mlaen i a minnau'n trotian y tu ôl iddi, yn trio gwneud iddi deimlo'n well.

"Falle fod 'na Gwernant arall?"

"Na, sa i'n credu."

Dim ond am ryw bum munud roedden ni wedi bod yn cerdded pan ddaeth car heibio.

Roedd hen ddyn mewn het frown yn gyrru. Agorodd ei ffenest i'r gwaelod a gofyn,

"Ga i'ch helpu chi? I ble chi'n mynd?"

Edrychodd y ddwy ohonom ar ein gilydd.

"I Aberteifi," meddai Jan yn ei chyfer.

"Wel, jwmpwch mewn!" meddai'r dyn. Roeddwn i'n gyndyn o wneud hynny i ddechrau. Doedd wybod pwy oedd y dyn, ond cyn i mi gael cyfle i brotestio roedd Jan wedi eistedd yng nghefn y car. Teimlais reidrwydd i'w dilyn. Eisteddais yno yn crynu, gan obeithio'r gorau wrth i'r dyn yrru fel ffŵl ar hyd yr heol wag o'n blaenau. Beth ddywedai Mam petai'n fy ngweld?

"Don yw'r enw," meddai'r dyn. "Be chi'n neud ffor' hyn?"

Tynnodd Jan anadl ddofn.

"Chwilio am Rhian..."

"Rhian?" gofynnodd Don.

"O'dd hi'n arfer byw yn Gwernant. Y fferm."

Aeth Don yn dawel, yna dywedodd, "Na, ma hi'n byw yn dre nawr ers blynydde. Dw i'n 'i nabod hi'n dda."

Edrychodd Jan arna i yn llawn cyffro.

"Ble?" gofynnodd.

"Tŷ Mawr. Uwchben y llyfrgell. Reit yng nghanol y dre."

Gwenodd y ddwy ohonom ar ein gilydd mewn gobaith ac eistedd 'nôl, yn fwy cyfforddus erbyn hyn, wrth i Don fynd â ni i Aberteifi.

Pennod 9

FFARWELION NI Â Don a diolch iddo am ei help. Roedd wedi ein gadael ni yng nghanol tre Aberteifi, y tu allan i res o dai. Enw un ohonynt oedd Tŷ Mawr. Dyma ble roedden ni'n gobeithio dod o hyd i Rhian, fy mam. Edrychais ar Catrin yn ofnus.

"Ti'n siŵr bod ti'n barod am hyn?" gofynnodd Catrin. "Ti'n edrych yn welw iawn."

"Dw i 'di bod yn barod ers blynydde," atebais gyda hyder ffug.

Curodd Catrin ar y drws. Ymhen eiliadau, a deimlai fel oriau, fe agorodd y drws ac yno safai menyw ganol oed. Roedd ganddi wallt melyn at ei hysgwyddau a chorff bach tenau, a gwisgai jîns coch a thop du.

"Ie?" meddai gan syllu arnon ni.

"Rhian?" gofynnais.

Amneidiodd y fenyw ac roedd eiliad o ddistawrwydd wrth i Catrin a fi a Rhian syllu ar ein gilydd.

"Mam..." dywedais yn dawel.

Distawrwydd eto wrth i Rhian sylweddoli beth roeddwn i newydd ei ddweud. Roedd hi wedi'i rhewi yn yr unfan a wnaeth hi ddim byd am sbel, dim ond syllu a syllu arna i. Yna, fe wnaeth rywbeth annisgwyl iawn.

"Sdim plant 'da fi!" meddai'n llawn ofn.

Roedd yn amlwg ei bod yn dweud celwydd achos doedd hi ddim yn gallu edrych i fyw fy llygaid i.

"Janine. Fi yw Janine!" dywedais.

Fe gaeodd y drws yn ein hwynebau. Curais ar y drws eto ond ddaeth hi ddim i'w ateb.

"Mam!"

"Cer o 'ma," meddai.

Daliais i guro, ond yn ofer. Erbyn hyn roedd y dagrau'n llifo i lawr fy wyneb.

"Dere," meddai Catrin yn garedig.

Arweiniodd Catrin fi o dŷ Mam ac i lawr y stryd. Erbyn hyn roedd hi'n bwrw glaw. Hen law mân. Y math o law sy'n gwneud i 'ngwallt i gyrlio. Y math o law sy'n gwneud i 'ngholur lifo i lawr fy wyneb yn hyll i gyd. Dw i'n casáu glaw. Ond ar y funud hon doedd dim ots gen i sut roeddwn i'n edrych.

Aethon ni i gaffi i gnoi cil dros hyn i gyd. Fe archebodd Catrin ddau fŵg o siocled poeth a mynd at y ffenest i eistedd.

"Fe newidith hi ei meddwl, dw i'n siŵr," meddai Catrin.

Ysgydwais fy mhen.

"O'n i'n ffôl i ddod 'ma. Smo hi 'di moyn gwbod amdana i ar hyd 'y mywyd i. Pam yn y byd y bydde hi moyn gwbod nawr?"

Doedd dim ateb gan Catrin.

Wedi gorffen y baned fe aethon ni i chwilio am fws yn ôl i Gaerfyrddin. Roedd un ymhen yr awr, yn ôl yr amserlen, felly fe aethon ni i wastraffu amser yn edrych o gwmpas siopau dillad. Ceisiais roi gwên ar fy wyneb ond roedd Catrin yn gwbod cystal â fi nad oedd iot o ddiddordeb gen i yn y dillad. Doedd dim diddordeb gen i mewn unrhyw beth, a dweud y gwir.

Wrth i ni sefyll ger yr arhosfan bysys, yn ddistaw ac yn ddiflas, daeth Don heibio.

"Wel, shwt 'ych chi? Ffeindioch chi Rhian?"

"Do," atebodd Catrin.

"Gethoch chi groeso?"

Ysgwyd ein pennau wnaeth Catrin a fi ac, am ryw reswm, fe ddywedais fy stori wrth Don. Eglurais taw fi oedd merch Rhian a'i bod wedi fy ngwrthod ar ôl i ni deithio yr holl ffordd yma.

"Dewch 'da fi!" meddai Don.

Aeth Don â ni yn ôl i dŷ Rhian. Curodd ar y drws. Ond doedd dim ateb. Gwaeddodd Don drwy'r blwch llythyron.

"Rhian! Fi sy 'ma – Don."

Ymhen munud, agorwyd y drws yn araf. Gwelodd Rhian Don yn sefyll yno ac yna fe welodd hi fi a Catrin. Ceisiodd gau'r drws yn ein hwynebau ond roedd Don yn rhy gyflym iddi ac fe osododd ei droed dros y trothwy.

"Pwylla," meddai. "Gad iddyn nhw egluro."

Ochneidiodd Rhian ac yna, yn araf, fe agorodd y drws led y pen.

"Well i chi ddod mewn 'te," meddai mewn llais gwan.

Roedd ganddi dŷ bach taclus, a phopeth yn ei le. Roedd clustogau ar y soffas o'r un lliw â'r llenni. Roedd llinynnau'n clymu'r llenni ac roedd y rheini'r un lliw â'r carped.

"Ti moyn i fi aros?" gofynnodd Don.

Ysgydwodd Rhian ei phen. "'Na i egluro wrthot ti rywbryd 'to," meddai.

Winciodd Don ar Rhian a gadael y tŷ.

Roedd Rhian yn nerfus. Yn symud ei dwylo wrth siarad. Eisteddais i a Catrin ar y soffa a Rhian ar fraich y soffa arall. Doedd hi ddim yn gwbod ble i edrych na ble i ddechrau siarad, roedd hynny'n amlwg.

Penderfynais taw fi ddylai gyflwyno Catrin a fi a thorri'r iâ.

"Dyma Catrin. Ni'n ffrindie. Ni'n byw yng Nghaerfyrddin."

Gwenodd Rhian yn nerfus.

"'Nei di ateb un cwestiwn?" gofynnais yn ddewr.

Tawelwch.

"Oes tatŵ 'da ti ar dy fraich? A'r enw Gwernant arno fe?"

Dechreuodd Rhian grio.

"Ai ti yw fy mam i?" gofynnais.

"Wrth gwrs taw e."

Rholiodd ei llawes i fyny hyd dop ei braich a dangos yr union datŵ a'r gair 'Gwernant' arno. Syllais mewn rhyfeddod. Mor od oedd gweld y fraich a'r tatŵ ar ôl treulio blynydde yn edrych arnyn nhw mewn llun. Ac mor rhyfedd oedd gweld y wyneb roeddwn i wedi bod yn ei ddychmygu drosto a throsto.

Wyneb Mam.

"Ond pam wyt ti 'di dod 'ma? Pam heddi?" gofynnodd Rhian.

"O'dd rhaid i fi."

"Dw i ddim wedi stopo meddwl amdanot ti, erio'd..."

Trwy ei dagrau, fe ddechreuodd siarad a cheisio egluro.

"O'n i'n arfer byw yng Nghaerfyrddin hefyd ond es i i America i ganu. O'n i'n dda am ganu. Dyna'r unig beth ro'n i'n gallu ei neud."

Oedodd ac fe edrychodd Catrin arna i a gwenu. Roedd canu yn amlwg yn rhedeg yn y teulu. Sychodd Rhian ei dagrau.

"Ond ddes i 'nôl o America ar ôl pum mlynedd. Do'n i ddim moyn dod 'nôl... ond o'n i moyn gweld Mam. Doedd hi ddim yn dda a fy lle i o'dd bod gyda hi am gyfnod gan fod fy chwaer wedi neud gyment dros y blynydde o'n i bant. Dyna pryd gwrddes i â Jim ac yna gest ti dy eni." Dechreuodd Rhian grio'n waeth. "Do'n i ddim yn fam dda... o'n i ffaelu ymdopi. O'n i'n teimlo'n isel ofnadw."

"O't ti ddim yn 'y ngharu i?" gofynnais.

"Wrth gwrs bo fi. Ond do'n i ddim yn gwbod shwt i ddangos y cariad. O'dd dy dad yn dishgwl gormod ohono i," meddai. "Ac a'th pethe'n chwerw rhynton ni. Symudes i 'nôl i America pan o't ti'n flwydd."

"Shwt allet ti fod wedi 'ngadel i, yn fabi bach?" gofynnais wrth i ddagrau ddechre cronni yn fy llygaid i.

"Dwi ddim yn gwbod," atebodd Rhian. "O'n i'n ifanc. O'n i ddim yn gwbod beth o'n i'n neud. Y cwbwl o'dd ar 'y meddwl i o'dd mynd 'nôl i ganu yn America. Neud rhwbeth o'n i'n gwbod shwt i'w neud e. Rhwbeth o'n i'n dda ynddo fe. Ti'n deall?"

Na! Doeddwn i ddim yn deall o gwbwl.

"Dylet ti fod wedi rhoi dy ferch fach di yn gynta," dywedais.

"Sori," meddai.

"Nag o'dd ots 'da ti am Dad?"

"A bod yn onest, do'dd dim ots 'da fi am neb," meddai.

"Pam na chysylltest ti?" gofynnais gan ddisgwyl clywed Rhian yn dweud ei bod wedi bod yn anfon llythyron ond bod Dad wedi eu rhoi yn y bin neu rywbeth.

"Sa i'n gwbod," oedd ei hateb difater.

Roedd Rhian yn amlwg wedi dod dros y sioc o 'ngweld i achos fe ofynnodd hi i fi wedyn o'n i am aros gyda hi am rai dyddiau. Ond na. Doeddwn i ddim yn gallu wynebu bod o dan yr un to â Mam. Yr un oedd wedi gadael Dad ar ei ben ei hun gyda babi. Gyda fi. Dyma'r un oedd wedi ei droi e'n alcoholig a doedd dim llawer o ots ganddi.

"Dere 'ma," meddai Rhian a thrio 'nghofleidio i yn lletchwith ond fe drois i ffwrdd.

"Ers pryd wyt ti 'nôl o America?" gofynnais.

"Blynydde," atebodd yn dawel.

"Dere, Catrin!" gorchmynnais yn grac. "Mae'n bryd i ni fynd."

"Plis paid mynd," ymbiliodd Rhian. "Newydd gwrdd 'yn ni. Gad i ni ga'l cyfle i ddod i nabod ein gilydd."

"Gest ti'r cyfle 'na flynydde 'nôl," atebais.

"Sori," meddai Catrin wrth Rhian cyn i ni fynd allan drwy'r drws ffrynt.

Pennod 10

WELES I DDIM Jan am rai dyddiau wedyn. Ddaeth hi ddim i'r ysgol ar y dydd Llun na'r dydd Mawrth. Roeddwn i'n poeni amdani ac yn difaru bod mor awyddus i'w helpu. Roedd Mam wedi sylwi 'mod i braidd yn isel fy ysbryd.

"O's rhywbeth yn bod, Catrin?" holodd Mam.

"Na."

"Ydy'r gwaith ysgol yn rhy anodd?"

"Ddim wir."

"'Nest ti orffen dy brosiect?"

"Do."

"Falle fod isie i ti ddechre ymarfer dy unawd… Beth am sesiwn wrth y piano heno?"

"Mam…?" torrais ar ei thraws.

"Ie, bach?"

"Ma Janine bant o'r ysgol a dw i'n becso amdani."

"Janine? Pam wyt ti'n becso amdani *hi*?" meddai Mam.

"Achos ma hi'n ffrind i fi."

Adroddais yr holl stori wrth Mam. Roeddwn i'n hynod o falch o gael dweud beth oedd wedi digwydd yn Aberteifi. Ond feddyliais i erioed y cawn i'r ffasiwn ymateb gan Mam.

Roedd hi'n gandryll.

"Ddwedes i wrthot ti am beidio mynd yn agos at y teulu yna eto!"

Atebais i ddim.

"Yn do, Catrin?!"

"Sori."

"Trwbwl. Dyna'r cwbwl ydyn nhw."

"Shwt ti'n gwbod?"

"Dw i'n gwbod amdanyn nhw."

"Shwt?"

"Dw i ddim moyn sôn am y peth."

"Ond ma hyn yn bwysig i Janine. Mae hi wedi ffindo'i mam ac wedi darganfod taw hi sy'n gyfrifol am gyflwr ei thad! Ma hi 'di ca'l siom ofnadw."

Cerddodd Mam allan o'r stafell mewn dicter. Grêt. Handi iawn.

♥

Roeddwn i'n benderfynol o ddod o hyd i'r gwir, ac roedd y gwir hwnnw'n llechu rywle yng ngorffennol Mam. Es i fyny i'r atig i weld allwn i gael rhyw oleuni ar y broblem. Bûm yn twrio drwy focsys a llwch a gwe pry cop tan i mi ddod o hyd i albwm lluniau. Des i â'r albwm o'r atig a sychu'r llwch oddi arno. Trois y tudalennau'n ofalus. A dyna pryd y gwawriodd arna i nad oedd gan Mam luniau ohoni hi a'i theulu o gwmpas y tŷ o gwbwl. Doedden ni ddim y math o deulu i fod ag oriel o luniau teuluol yn y stafell fyw ond eto, dyna ryfedd nad oedd un llun o gwbwl o Mam na Dad pan oedden nhw'n blant ac yn tyfu i fyny.

Oedais ar dudalen oedd ag un llun prin o Mam yn ferch fach. Roedd hi'n eistedd ar wal mewn rhes gyda dau fachgen ac un ferch. Ffrindiau, mae'n rhaid. Eto, roedd rhywbeth cyfarwydd am y ferch. Roedd hi'n hynod o debyg i Mam. Gwallt melyn hir... A dweud y gwir, roedd hi'n fy atgoffa o rywun arall hefyd ond allwn i ddim meddwl pwy.

Dros de y noson honno roedd Mam yn dawel iawn. Braidd y gallai hi edrych arna i wrth roi pasta ar fy mhlât. Roeddwn i'n gwybod 'mod i wedi ei phechu, ond sut yn union? Doeddwn i ddim yn deall. Yn sydyn, wrth i mi feddwl am Jan daeth wyneb i'm meddwl. Wyneb Rhian... Ac roedd wyneb Rhian yn fy mhen yn hynod debyg i'r ferch wrth ymyl Mam yn y llun!

Gorffennais fy mwyd yn gyflym. Roedd fy nwylo'n crynu. Codais oddi wrth y bwrdd a dianc o'r tŷ. Roedd fy nghoesau'n crynu fel dail wrth i fi gerdded tuag at gartre Jan. Cyrhaeddais y gamlas, curo ar ddrws pwdr y cwch ac aros.

"Ti'n iawn?" gofynnais ar ôl i Jan agor y drws.

Ysgydwodd Jan ei phen.

"Fyddi di 'nôl yn yr ysgol fory?"

"Sa i'n credu alla i wynebu bod yng nghanol pobol," meddai.

"Sori," meddwn i. "Ddylen i ddim bod wedi potsian. Falle ddylen ni ddim bod wedi mynd i Aberteifi o gwbwl."

"'Nest ti beth ofynnes i i ti neud. 'Nest ti ffafr â fi. Ti yw'n ffrind gore i."

"Ti 'di dweud wrth dy dad?"

"Na, ma fe'n rhy feddw i wbod pwy ddiwrnod yw hi."

"Wel, gad i fi ddod mewn. Ma newyddion 'da fi," meddwn i a chamu'n sigledig i mewn i'r cwch.

Tynnais y llun o 'mhoced a'i ddangos i Jan.

"Ma'r ddwy yr un spit!" meddai Jan.

"Yn gwmws," atebais.

"Ti'n meddwl bod hi'n perthyn i dy fam?" gofynnodd Jan.

"Falle. A falle fod rhwbeth 'di digwydd rhyngton nhw a 'na pam ma Mam pallu trafod y peth," atebais yn boenus.

Astudiodd Jan y llun yn ofalus eto.

"Hi yw hi, yn bendant," meddai. "Reit, dw i 'di ca'l digon o'r cyfrinache 'ma. Dw i moyn i dy fam di a 'nhad i gwrdd i drafod, gyda ni'n dwy'n bresennol."

Hm, haws dweud na gwneud, meddyliais.

Pennod 11

Y BORE SADWRN canlynol, roedd Mam yn ei dillad gorau. Credai ein bod ni'n dwy yn mynd mas am goffi – fy nhrît i am fod mor fyrbwyll ac am dorri fy addewid iddi. Ond y gwir oedd ein bod yn mynd i gaffi yn y dre i gwrdd â Jim a Jan. Roeddwn yn gwybod y gallai pethau fynd yn flêr ond roedd yn rhaid gwneud hyn er mwyn datrys y dirgelwch ac er mwyn helpu Jan.

Aethon ni i gaffi Bara Menyn ar y stryd fawr. Roedd y caffi'n llawn pobol yn cael brecwast llawn ac roedd arogl coffi'n llenwi fy ffroenau. Doeddwn i ddim yn cael bwyta bacwn yn aml. Doedd Mam erioed wedi bod yn fodlon gwneud brecwast o'r fath. Roedd yn wael i'r iechyd, yn ei barn hi. Doeddwn i ddim am wthio'r ffiniau y bore hwnnw felly fe benderfynais archebu darn o dost a phaned o de. Dewisodd Mam ffrwythau a iogwrt a phaned o goffi organig.

Doedd dim sôn am Jan a Jim felly fe ddilynais i Mam i eistedd wrth yr unig fwrdd gwag mewn cornel. Trwy lwc, roedd yn fwrdd i bedwar. Eisteddon ni mewn tawelwch anghysurus wrth aros i'r bwyd gyrraedd.

"Beth wyt ti'n ei feddwl o Miss Chanel 'te?" oedd cwestiwn cynta Mam.

"Iawn," atebais heb lot o ddiddordeb.

"Ti'n meddwl ei bod hi'n dy wthio di ddigon? Defnyddio dy allu i'w lawn botensial?"

"Sai'n gwbod," atebais eto. Pam na allai Mam siarad am bethau cyffredin fel dillad neu siocled?

Cyn i Mam allu dweud gair arall, fe gerddodd Jan a Jim drwy'r drws. Roedd Jan yn ei dillad ffasiynol gorau a'i hwyneb yn llawn colur. Gormod o golur. Arwydd o nerfusrwydd. Roeddwn wedi dod i ddeall hynny wrth ddod i'w hadnabod yn well. Roedd Jim yn edrych fel pe bai wedi cael ei lusgo o'r gwely. Neu heb fynd i'r gwely o gwbwl. Roedd ei ddillad yn frwnt, doedd botymau ei grys ddim wedi'u cau'n iawn ac roedd ei wallt fel brwyn yn y gwynt.

Eisteddodd Jim a Jan gyda Mam a fi heb ddweud gair. Edrychodd Mam yn syn arnyn nhw a chodi i adael.

"Na, aros, Mam," meddwn i.

"Be ma'r rhain yn neud 'ma?"

Roedd Jim yn edrych yn grac.

"Ti sy 'di cynllunio hyn?" gofynnodd i Jan.

"Ma angen i ni siarad," meddai Jan.

"Dw i ddim yn siarad ag unrhyw un!" meddai Mam.

"Plis, Mam!"

"Dw i 'di gweud sawl gwaith wrthot ti am gadw bant, Catrin."

"Pam, Mam? Pam cadw bant?"

Roedd Jim yn flin iawn erbyn hyn.

"D'ych chi blant ddim yn deall. Ddim yn deall pwy siort o grachen r'ych chi wedi'i chodi! Ma hyn yn hunlle i fi."

"Ac i fi 'fyd!" meddai Mam yn biwis.

Bachodd Jan ei chyfle.

"Pam?" gofynnodd i Mam. "Beth yw'ch problem chi gyda ni?"

Edrychodd Jim ar Mam. Allai'r un ohonyn nhw agor eu cegau. Roedd Mam yn edrych fel pe bai ar fin crio. Doeddwn i ddim wedi ei gweld yn y fath gyflwr o'r blaen.

"Ni moyn gwbod beth ddigwyddodd," meddai Jan yn daer. "Gyda Mam." Edrychodd ar ei thad. "Dw i 'di bod i'w gweld hi."

"Be?!" Roedd Jim yn gandryll.

"Dw i 'di gofyn a gofyn i ti ar hyd y blynydde!"

"A dw i 'di gweud wrthot ti am adel pethe i fod!"

"Ma hawl 'da fi ddod i adnabod fy mam fy hunan, on'd o's e?"

Bachais innau fy nghyfle wedyn.

"Ma rhyw ddirgelwch. Rhwbeth rhyngtoch chi'ch dou. A chi a Rhian... Shwt 'ych chi'n nabod eich gilydd? Ma Janine a fi angen gwbod y gwir."

"Sdim byd i wbod," meddai Mam yn gelwydd i gyd.

"Odw i'n edrych yn dwp, Mam?" gofynnais.

"Paid ti siarad â fi fel'na!" atebodd Mam.

Dechreuais golli fy nhymer.

"Dw i 'di ca'l llond bola, Mam. Ti'n 'y nhrin i fel plentyn. Neu fel rhywun sydd yna i sgorio pwyntie i ti. Rhywun i ennill yr unawd. Rhywun i neud yn dda yn yr ysgol. Rhywun alli di fragio amdana i wrth dy ffrindie ac ar Facebook!"

Roedd Mam yn edrych fel petai ei chalon ar fin torri.

"Wir, Mam. Dw i 'di ca'l digon. Beth amdana i? Beth am shwt dw i'n teimlo? A beth am Janine? Dw i'n ffrindie 'da Janine. A dw i moyn i ti roi cyfle iddi."

Bu eiliadau hir o dawelwch. Yna, ceisiodd Mam siarad, ond doedd y geiriau ddim yn dod. Jim achubodd hi.

"Ma'r gorffennol yn boenus," meddai'n dawel. "Gwell gadel pethe i fod. Er lles pawb."

Yn sydyn, tynnodd Jan y llun o'i phoced a'i osod o dan drwynau Mam a Jim. Dechreuodd Mam grio.

Pennod 12

R OEDD Y COFFI cryf wedi deffro Jim yn llwyr ac fe benderfynodd taw fe ddylai fod yr un fyddai'n egluro popeth.

"O'n i'n caru Rhian. Hi o'dd y ferch berta i fi 'i gweld erio'd. Ac ro'dd llais canu fel eos gyda hi… O'n i byth yn meddwl y bydde ganddi hi ddiddordeb mewn rhywun mor ddiflas â fi. O'n i'n athro parchus."

Ebychais mewn syndod. Jim yn athro?

"Carwriaeth fer iawn o'dd hi. A'r canlyniad o'dd bod Rhian yn dy ddishgwl di, Janine."

"Dw i'n gwbod hynny," meddai Janine yn hy.

Edrychais yn gas arni. Roedd angen iddi adael i'w thad orffen.

"A'th y beichiogrwydd yn iawn. Dim probleme. Symudodd hi i fyw 'da fi a dechreuodd hi weitho yn y llyfrgell. Ro'dd hi wedi penderfynu rhoi'r gore i'w gyrfa fel cantores er mwyn canolbwyntio ar fod yn fam. O'dd hi'n bendant nad o'dd hi moyn mynd 'nôl i America am ei bod am i ti ga'l magwraeth Gymra'g."

Roedd Janine yn edrych yn ddagreuol erbyn hyn.

"A phan ges i 'ngeni?" gofynnodd.

"O't ti fel angel fach. Werth y byd i gyd."

Oedodd Jim.

"Beth o'dd Mam yn meddwl ohona i?"

"O'dd hi'n dwlu arnot ti," meddai Jim.

Sylwais nad oedd e'n gallu edrych i fyw llygaid Janine.

"Wir?" gofynnodd Janine yn betrusgar.

"O'dd hi wedi drysu. O'dd 'i bywyd hi wedi newid gyment."

"O'dd hi'n 'y ngharu i?"

"Wrth gwrs. Ond ro'dd pethe wedi newid... rhyngton ni'n dou. Do'dd dim sail gadarn i'n perthynas ni ta beth. O'n ni prin yn nabod ein gilydd... ac ar ôl rhai miso'dd o'dd pethe wir yn dechre chwalu. A ti yn y canol."

"Wedyn a'th pethe mor wael rhyngtoch chi nes iddi benderfynu mynd 'nôl i America?"

Amneidiodd Jim.

"A 'ngadel i?"

"O'dd hi moyn i ti aros yng Nghymru. Ac o'dd hi moyn mynd 'nôl i ddilyn ei gyrfa lwyddiannus fel cantores." Roedd llais Jim yn grynedig erbyn hyn. "Dw i mor flin. Dw i 'di bod yn dad ofnadw i ti... ond o'n i ffaelu ymdopi... Nage gwaith dyn yw magu babi... Dw i'n gweld Rhian yn dy wyneb di bob dydd. A dyna pam dw i 'di bod mor daer isie i ti lwyddo fel cantores."

"Dw i 'di aros blynydde am y stori 'ma," meddai Janine. "A dw i 'di chlywed hi ddwywaith nawr mewn un wthnos."

Allwn i ddim llai na gwenu.

"Pam na wedest di wrtha i yn gynt, Dad?"

"O'n i ffaelu godde meddwl am Rhian. Meddwl amdani ben draw'r byd yn neud yr holl bethe cyffrous 'ma... a finne fan hyn yn stryglo i gadw dou ben llinyn ynghyd. O'n i'n grac." Oedodd Jim cyn cyffwrdd yn llaw Janine. "Sori," meddai.

"Yr holl yfed... Sdim arian 'da ni i neud unrhyw beth."

"Dw i 'di bod trw uffern, Janine. Dw i 'di colli'r unig fenyw i fi 'i charu erio'd. 'Nes i ddim dewis bod fel hyn.

Rywffordd, a'th pethe o ddrwg i wa'th. O'n i'n ca'l gwydred bach o win cyn mynd i'r gwely. Rhwbeth i'n helpu i i fynd i gysgu. A'th y gwydred yn ddau ac yn dri. Cyn i fi wbod, o'n i'n ca'l trafferth dod mas o'r gwely yn y boreue…. Wedyn dechreues i yfed yn y bore. Rhwbeth i'n helpu i i godi."

Ysgydwodd Mam ei phen mewn siom.

"A wedyn collest di dy swydd," meddai Janine.

"Colles i bopeth." Ochneidiodd Jim. "Dw i'n addo trio troi dalen lân…" Edrychodd Janine arna i. Doedd hi ddim yn credu ei thad. Roedd hynny'n amlwg.

Roedd Mam wedi bod yn dawel iawn wrth wrando ar Jim. A dweud y gwir, roedd hi fel pe bai hi'n gwybod y stori eisoes. Doedd dim syndod ar ei hwyneb o gwbwl.

"A beth yw dy ran di yn hyn i gyd, Mam?" gofynnais.

Ochneidiodd Mam.

"Dw i ddim yn gwbod shwt i ddweud hyn," meddai'n grynedig.

Gosododd Jim ei ben yn ei ddwylo.

Daliai Jan a fi i syllu arni, felly doedd dim dewis ganddi ond yngan y geiriau.

"Janine," meddai. "Fi yw dy fodryb di. Chwaer Rhian."

Disgynnodd tawelwch llethol ar draws y bwrdd. Roedden ni'n ddwy gyfnither! Cynigiodd Jim nôl diod o ddŵr i ni ond doedden ni ddim yn gallu meddwl am yfed na bwyta. Roedd Mam, ar y llaw arall, ar ei thrydydd coffi. Roedden ni'n awyddus i glywed ei stori ond ddim yn gwybod beth yn y byd i'w ddisgwyl.

"Nag 'ych chi wedi sylwi eich bod chi'ch dwy'n debyg?" gofynnodd Mam mewn llais gwan.

Edrychais i a Jan ar ein gilydd. Roeddwn i wastad wedi

meddwl bod rhywbeth cyfarwydd am ei llygaid. Ond roedd lliw ein gwalltiau ni'n dwy yn wahanol.

"Ac ma gan y ddwy ohonoch chi leisiau canu arbennig o dda hefyd," meddai Mam. "Do'n i ddim yn gallu credu 'nghlustie na'n llyged pan es i i'r Steddfod Sir."

"O't ti'n gwbod bryd hynny?" gofynnais.

"Na. Ond roedd rhwbeth yng nghefn 'y mhen i… A bod yn onest, pan symudon ni 'nôl i fyw 'ma, o'n i wedi dyfalu y bydden i'n dod ar dy draws di." Edrychodd Mam yn dosturiol ar Jan. "O'n i ddim yn gwbod shwt i ddelio 'da'r holl beth. Wedyn, y peth hawsa o'dd gadel pethe i fod."

"Dw i moyn gwbod popeth," meddai Jan. "Wyt ti'n dal mewn cysylltiad â Mam?"

"Na, da'th ein perthynas ni i ben cyn i ti ga'l dy eni."

"Pam?"

"Do'n ni erio'd yn ffrindie mawr. Hi o'dd yr un bert. Hi o'dd y chwaer lwyddiannus. Gethon ni'n magu tu fas i Aberporth. Ar fferm."

"O'r enw Gwernant," meddai Jan.

Gwenodd Mam yn drist.

"Gethon ni fagwraeth dda. Ond o'dd y ddwy ohonon ni'n cwmpo mas lot. O'n ni mor wahanol. O'n i'n lico gweitho. Lico bod y gore yn y dosbarth ym mhopeth. O'dd hi fel arall. Lico colur. Lico bechgyn. Lico joio. Ac o'dd canu'n dod yn rhwydd iddi. O'dd hi'n ennill lot o gystadlaethe. A buodd hi'n llwyddiannus. 'Na pam a'th hi i America."

Oedodd Mam i feddwl am ei geiriau.

"Da'th hi 'nôl o America achos bod Mam yn dost. Dy fam-gu di, Catrin. Mam-gu y ddwy ohonoch chi. Fi o'dd wedi bod yn dishgwl ar 'i hôl hi, er bod 'da fi swydd gyfrifol. Ta beth, fe dda'th hi 'nôl a cha'l 'i thrin fel tywysoges. Hi o'dd cannwyll llygad Mam."

Roedd Jan yn gwrando'n astud ac yn awchu am unrhyw friwsionyn o wybodaeth am ei mam.

"Yn fuan ar ôl i ti ga'l dy eni, Janine, fe fuodd Mam farw. O'n i wedi torri 'nghalon ond do'dd Rhian ddim fel pe bai hi mor ypsét. Falle achos bod hi 'di bod yn byw bant gyment. Falle ei bod hi wedi caledu ar ôl yr holl deithio. Ta beth, ar ôl yr angladd, roedd yn rhaid mynd i weld ynglŷn â'r ewyllys."

Roedd Mam yn edrych yn chwerw iawn.

"Roedd Rhian wedi etifeddu rhan helaeth o eiddo Mam. Hi o'dd wedi etifeddu'r tŷ ffarm hefyd."

"Gwernant?"

"Ie. Cartre'r teulu. Hi o'dd wedi ei ga'l e, er taw fi fuodd yn dishgwl ar ôl Mam. Fi o'dd wedi neud y gwaith caled o'i nyrso hi a neud yn siŵr ei bod hi'n gyfforddus, tra o'dd Rhian bant yn joio yn America."

"Pam fydde Mam-gu wedi neud shwt beth?" gofynnais

"Pwy a ŵyr. Ma rhai pobol yn ffafrio brawd neu chwaer benodol."

"Wedyn 'nest ti ddadle 'da Mam?" gofynnodd Jan

Edrychodd Mam ar Jim am y tro cynta ers sbel. Roedd e'n edrych fel pe bai'r byd ar ben.

"Do," cyfaddefodd Mam. "'Nes i fywyd Rhian yn uffern, ma cywilydd arna i weud."

"Wedyn, nage bai Dad yw hyn i gyd," meddai Jan yn graff.

"Na, fi sydd ar fai fod Rhian wedi bod yn isel 'i hysbryd

ar ôl dy ga'l di, Janine. Fi roddodd amser caled iddi. Fi nath achosi i berthynas Rhian a Jim chwalu."

"Nage dy fai di i gyd, Mam," meddwn i.

Roedd Mam yn crio.

"Ges i wared ar bob llun. Do'n i ddim moyn hi'n chwaer i fi. Ac fe addawes i na fydden i'n ca'l plentyn arall, fel na fydden i yn y sefyllfa i allu ffafrio un dros y llall."

Cyffyrddais â llaw Mam. Dyma'r mwya gonest roedd hi erioed wedi bod gyda fi.

"A'th Rhian 'nôl i America er mwyn anghofio am bawb."

"A Gwernant?" gofynnais.

"Ma'r lle'n wag. Yn llawn llygod mawr a chorynnod. O'dd Rhian ddim moyn dim i neud â'r lle pan dda'th hi 'nôl, mae'n debyg. Sa i'n gwbod mwy. D'yn ni ddim mewn cysylltiad."

Oedodd Mam am eiliad cyn codi a gwisgo ei chot.

"Am gawlach!" meddai a cherdded am y drws a'n gadael ni'n tri – Jim, Jan a fi – yn eistedd yn y caffi yn methu dweud gair.

♥

Pan gerddais i mewn i'r tŷ yn ddiweddarach, roedd Dad a Mam yn eistedd wrth fwrdd y gegin yn bwyta cinio.

"Ti'n gwbod!" meddai Dad yn syth.

Amneidiais.

"Dere i ishte. Sori bod rhaid i ti ffindo mas fel hyn."

"Pryd o'ch chi'n golygu gweud wrtha i?"

Dim ateb.

"O'ch chi'n golygu cadw'r gyfrinach am byth?"

"Do'n i ddim yn gwbod shwt i weud," meddai Mam. "Ofn rhoi lo's i ti."

"Ma Jan wedi ca'l lot o lo's," atebais.

"Ma llawer o'r bai arna i," meddai Mam.

"Ma raid i ti beidio â beio dy hunan, Eirlys," meddai Dad.

"Falle dylet ti feddwl mwy am bobol er'ill," dywedais.

"Sori?" meddai Mam, er ei bod wedi clywed yn iawn.

"Ti'n meddwl am ti dy hunan a neb arall," atebais.

Rhoddodd Mam a Dad eu cyllyll a'u ffyrc i lawr ac edrych arna i fel pe bawn i wedi dod o'r lleuad. Roedd yn rhaid i fi gario ymlaen a chael dweud fy nweud.

"Fel wedes i yn y caffi, ti jyst ddim yn meddwl amdana i o gwbwl. Ti moyn i *fi* lwyddo ym mhopeth dw i'n neud, jyst er mwyn i *ti* deimlo'n dda."

"Dyw hynny ddim yn wir, Catrin," meddai Dad yn grac.

"Gad iddi gario mla'n," meddai Mam.

"Sdim cariad…" meddwn i. "Sneb yn becso shwt dw i'n teimlo. Ti byth yn mynd â fi i siopa. Byth yn neud pethe gyda fi. Nid llwyddo sy'n bwysig mewn bywyd ond shwt ni'n trin ein gilydd."

Roedd Mam yn dawel ac roeddwn i'n credu ei bod hi'n mynd i wylltio. Fy nhaflu i mas o'r tŷ falle…

Ond, cododd Mam ar ei thraed, dod ata i a 'nghofleidio i'n dynn.

"Ti yw 'myd i, Catrin," meddai. "Ac os nac odw i wedi neud hynny'n glir i ti, wel ma isie i rywun fy saethu i."

Roedd hi'n braf clywed Mam yn dweud geiriau na feddyliais y byddwn i'n eu clywed nhw byth.

"Fy mai i yw hyn i gyd," meddai Mam. "Tasen i heb ddadle gyda Rhian. Tasen i 'di derbyn yr ewyllys a pheido neud ffys... Fi sy 'di rhacso bywyd Janine."

"O't ti'n iawn i neud ffys," atebais. "Fydden i 'di neud yr un peth."

♥

Fe ddechreuodd Mam wneud ymdrech i fod yn fam dda ar ôl hynny. Fe aethon ni i'r sinema gyda'n gilydd ac fe gawson ni sbort am y tro cynta ers sbel. Serch hynny, roedd problemau Jan a'i mam yn dal yn gwmwl mawr uwch fy mhen.

Pennod 13

FFONES I MAM. Dyna'r peth anodda i fi ei neud erio'd. Allwn i ddim gadel pethe i fod heb ddod i'w hadnabod hi'n well. Roedd y sgwrs ar y ffôn yn rhyfedd. Fyddai hi byth wedi cysylltu â fi ond rhaid derbyn taw dyna shwt berson yw hi. Ond ar ôl fi wneud yr ymdrech roedd hi'n fwy na bodlon trafod pethau ac erbyn diwedd y sgwrs roedd hi wedi bodloni dod i Gaerfyrddin i gwrdd â fi.

Pan ddaeth hi i mewn i'r caffi roedd hi'n edrych yn wahanol. Wedi clymu ei gwallt yn ôl ac wedi gwisgo'n smart iawn a llond wyneb o golur.

"Shwt wyt ti?" gofynnodd wrth eistedd.

"Oreit, o feddwl cyment o bethe sydd wedi digwydd yn ddiweddar."

Yn araf a gofalus fe ddywedais wrthi am ddatgeliad Eirlys. Roedd hi'n fud.

"Ma'n drueni bod y ddwy ohonoch chi wedi dadle," meddwn i. "Fydden i wedi rhoi unrhyw beth yn y byd i gyd i ga'l chwaer."

Edrychai Rhian yn euog.

"Dw i ffaelu credu hyn. Dw i 'di cawlo dy fywyd di, on'd ydw i?" meddai.

"O't ti'n ifanc," atebais.

"O'n i'n hunanol."

"Licen i fod wedi dy ga'l di fel mam. Bydde hi wedi bod yn neis dy ga'l di obutu'r lle pan o'n i'n dechre ysgol... a pan o'dd pethe'n mynd o chwith. O'dd Dad ddim wir yna i fi. Dw i'n meddwl y byd ohono fe... ond o'dd e byth gyda fi."

Roedd Rhian fel petai'n deall beth o'n i'n ei ddweud.

"Ma hi mor anodd gweld Dad fel mae e. Yn yfed ddydd a nos. R'yn ni'n byw ar gwch ar gamlas frwnt, Mam. Ac yn ôl beth ma Eirlys yn dweud, rwyt ti wedi gadel i dŷ fferm Gwernant fynd â'i ben iddo."

"O'dd gas 'da fi'r lle," meddai Rhian. "Oni bai 'mod i 'di ca'l y fferm yn yr ewyllys falle fydde dim o hyn 'di digwydd."

"Bai Eirlys yw e?" gofynnais.

Oedodd Rhian cyn ateb.

"Sa i'n gwbod."

"Ti wir yn dweud na fyddet ti 'di mynd 'nôl i America taset ti ac Eirlys heb gwmpo mas dros yr ewyllys?"

"Pwy a ŵyr? Dw i ddim am feio neb ond fi'n hunan."

Roedd un cwestiwn poenus yn dal i 'mhigo.

"Pam na ddest di byth i 'ngweld i ar dod 'nôl o America 'te? Shwt gallet ti symud i Aberteifi gan wbod 'mod i yng Nghaerfyrddin?"

Ochneidiodd Rhian.

"Fel wedes i, dw i'n hunanol... Meddwl am 'yn hunan o'n i drw'r amser. Neb arall, ddim amdanot ti. Ma hyn yn anodd i fi ddweud, ond do'dd 'da fi ddim lot o deimlade tuag atot ti. O'n i ddim fel mamau er'ill. Sori."

"O leia ti'n onest," atebais yn reit chwerw.

"Gawn ni fod yn ffrindie?" gofynnodd Mam.

Yn ddwfn yn fy nghalon, roedd tristwch mawr yn dal i orwedd, fel dyn meddw ar waelod grisiau.

Pennod 14

ROEDD MAM A fi'n edrych trwy'r albwm lluniau ar fwrdd y gegin pan glywon ni gloch y drws ffrynt yn canu. Aeth Mam i ateb, a'r peth nesa glywes i oedd, "Rhian? Beth yn y byd ti'n neud fan hyn?"

"Ti'n meddwl 'i bod hi'n bryd i ni siarad?"

"Haia, Catrin," meddai Rhian fel tasen ni'n hen ffrindiau.

Edrychais arni heb ddweud gair.

"Stedda," meddai Mam wrthi ac fe godais i adael y stafell. "Plis aros, Catrin," meddai wedyn.

Arhosais yn fy unfan. Beth fyddai gan y ddwy i'w ddweud wrth ei gilydd, tybed?

"Sori," meddai Mam.

"Ma'r ddwy ohonon ni 'di neud pethe dwl, byrbwyll. Ac ma pobol er'ill wedi diodde o'n hachos ni," meddai Rhian. "Tasen i ond yn gallu troi'r cloc 'nôl."

"Fyddet ti 'di ymddwyn yn wahanol?" gofynnais.

Oedodd Rhian cyn ateb y cwestiwn poenus hwn.

"Na fydden, falle," meddai. "Fydden i dal heb rannu'r ewyllys. Dw i'n berson mor hunanol."

"Ond do't ti ddim isie Gwernant ta beth," meddai Mam.

"Sori," meddai Rhian.

"O'dd dy ŵr a dy ferch yn byw mewn tlodi."

"'Na shwt berson ydw i," meddai Rhian yn llawn euogrwydd.

"Ac America?"

"Fydden i wedi mynd i America beth bynnag. Ar y pryd, dyna lle o'dd 'y nghalon i. Do'n i ddim yn ffit i fod yn fam. Ac o'n i wir yn meddwl y bydde Jim yn neud gwell jobyn na fi o ofalu am Janine. Ma 'nghalon i'n torri o feddwl eu bod nhw mor dlawd a bod Jim ddim wedi gallu ymdopi'n dda iawn."

"All neb ohonon ni ddatod y gorffennol," meddai Mam. "Dim ond edrych tuag at y dyfodol a neud ein gore."

"Wyt ti'n meddwl bydd Janine yn gallu madde i fi, Catrin?" gofynnodd Rhian.

"Siŵr o fod, gydag amser," atebais. "Ma hi'n berson da. Ma hi'n mynd i gymryd amser iddi sylweddoli bod modd ymddiried mewn pobol heb iddyn nhw roi lo's iddi."

"Ma 'mywyd i wedi'i ysgwyd," meddai Rhian, "ond ro'dd hyn i fod i ddigwydd. Ro'dd yn rhaid i fi wynebu 'nghyfrifoldebe rywbryd."

"Ma 'mywyd i wedi'i droi wyneb i waered hefyd," meddai Mam. "O'n i byth yn meddwl y bydden i'n dy weld di 'to, Rhian. A dw i 'di dysgu gwers. Dw i'n gwbod nawr beth sy'n bwysig mewn bywyd."

Gwenodd y tair ohonon ni ar ein gilydd.

Pennod 15

ERBYN MIS MAI roedd Jan yn ôl yn yr ysgol ac yn gwneud yn dda yn ei gwaith. Roedd Mam a fi dipyn yn agosach ac roedd y dyfodol yn edrych yn well i bawb.

Gwawriodd diwrnod rhagbrofion Eisteddfod Genedlaethol yr Urdd yn braf ac roedd Mam a Dad yn llawn cyffro i 'nghlywed i'n canu.

"Gwna dy ore," meddai Mam wrth i ni gerdded mewn. "Sdim ots os na enilli di."

Gwenais ar Dad. Doedd Mam erioed wedi dweud hynny wrtha i o'r blaen.

"Ond, cofia di," meddai gan roi winc i mi, "bydden i'n browd iawn pe byddet ti'n cynrychioli'r teulu ar lwyfan yr Urdd."

"Mam!"

O gornel fy llygad gwelais Jan a Jim yn cyrraedd ac yn eistedd yn y cefn. Daeth Jan draw, yn wên i gyd.

"Pob lwc," meddai.

"Ac i ti," atebais a chyn i ni allu dweud yr un gair arall fe dorrodd llais clir ac uchel ar ein traws.

"Cofiwch wenu. Cofiwch edrych yn syth ar y beirniad."

Dyna lle roedd Mrs Chanel yn ei minlliw coch a'i dillad llachar. Doedd rhai pethau byth yn newid.

Daeth ein tro ni.

Wrth sefyll yn aros i fynd ar lwyfan y rhagbrawf i ganu sylweddolais nad oeddwn i'n nerfus o gwbwl y tro hwn. Cwmni Jan oedd yn gyfrifol am hynny, dw i'n siŵr. Roedd hi'n rhyfedd sut roedd y rhod wedi troi. Ychydig fisoedd yn ôl yn y Steddfod Sir roedd hi'n gystadleuaeth chwerw rhwng y ddwy ohonon ni. Erbyn hyn doedd dim ots pwy fyddai'n ennill.

Canais nerth fy mhen gan wenu ac edrych ar y beirniad. A dweud y gwir, dw i'n meddwl taw dyna oedd y tro gorau i mi ganu. Doedd fy nghoesau ddim yn crynu a doedd arna i ddim ofn beth fyddai Mam yn ei feddwl. Rhyddid i ganu fel aderyn bach.

Yna, daeth tro Jan ac fe ganodd hithau fel eos. Sylwais am y tro cynta pa mor debyg oedd ein lleisiau ni a doedd dim syndod am hynny.

♥

Wrth aros am y canlyniad aeth y ddwy ohonon ni allan i'r awyr iach i yfed pop a bwyta siocled.

"Diolch byth fod hwnna drosto," meddai Jan.

"Ie," atebais. "Dwi ddim moyn canu eto. Ddim mewn steddfod. Ma gas 'da fi gystadlu."

Roedd golwg drist ar wyneb Jan.

"'Na i ddal i ganu!" meddai. "Achos rhyw ddiwrnod dw i'n gobeitho daw Mam i 'nghlywed i. Dw i moyn gweld os fydd hi'n credu bod fy llais i'n debyg i'w llais hi. A dw i moyn iddi fod yn browd ohona i."

Anadlodd Jan yr aer gwanwynol. Ddywedais i ddim gair. Roeddwn i'n deall yn union sut roedd hi'n teimlo.

"O'n i wedi gobeitho, yn dawel bach, y bydde Mam wedi dod i 'ngweld i heddi," meddai'n dawel.

Cydiais yn ei braich a'i harwain yn ôl i'r neuadd ragbrofion.

"Un cam ar y tro," dywedais yn ddewr i gyd er fy mod, yn dawel bach, yn teimlo fel crio.

"Canlyniad rhagbrawf y gystadleuaeth Unawd i Ferched Blwyddyn Saith, Wyth a Naw," cyhoeddodd yr arweinydd. "Y tair fydd yn ymddangos ar y llwyfan fydd Elen, Lisa a Sara."

Siom i Jan a fi, felly. Daeth Jim a Mam a Dad draw i gydymdeimlo.

"Chi 'di ca'l cam, y ddwy ohonoch chi," meddai Mam.

"Paid dechre, Eirlys," meddai Dad.

Chwarddodd Jim.

"Cystadlu sy'n bwysig," meddai Jim wrth i Mrs Chanel ddod draw, â'i hwyneb yn welw gan ddicter.

"Dw i'n mynd i gwyno wrth y beirniad," meddai.

"Plis peidiwch," dywedais.

"Na. Ni'n ddigon hapus," meddai Jan.

Chwarddodd y ddwy ohonon ni, yn falch ein bod yn gallu cymryd cam yn ôl am unwaith a gwerthfawrogi'r profiad.

"*Take away* ar y ffordd gatre?" holodd Mam.

Dyna'r tro cynta erioed i fi ei chlywed yn dweud y fath eiriau.

♥

Roedd awyrgylch hapus yn y tŷ y noson honno. Cawson ni gyrri am y tro cynta erioed fel teulu ac roedd hi'n sbort trio'r gwahanol flasau a'r sbeisys. Roedd hi'n braf gweld Mam a Dad yn chwerthin gyda'i gilydd.

Ar ôl gorffen bwyd, aeth Mam a Dad ati i lwytho'r peiriant

golchi llestri ac fe wnes i fy esgus arferol fy mod am fynd lan llofft i orffen fy ngwaith cartre.

"Dw i am fynd i neud rhywfaint o waith hefyd," meddai Dad.

"Na, aros," meddai Mam. "Dw i moyn gair."

Gadewais y ddau yn y gegin yn eistedd wrth y bwrdd ac fe es i am y grisiau. Ond cyn mynd o'u clyw fe oedais i wrando ar eu sgwrs.

"Odw i'n fam wael?" gofynnodd Mam.

"Na, Eirlys. Ti 'di neud dy ore."

"Ai fi ddechreuodd hyn i gyd? Ai fi yw'r rheswm fod bywyd Janine wedi bod mor ofnadw? A bod Jim wedi colli arni?"

"Eirlys. Fe alle dyn ishte am orie yn trio mynd i lygad y gwir. Sdim pwynt."

"Ond beth am Catrin?" gofynnodd Mam.

"Ma hi werth y byd, on'd yw hi?" atebodd Dad.

"Dyw hi ddim yn sylweddoli faint r'yn ni'n 'i charu hi. D'yn ni ddim wedi neud hynny'n ddigon clir, falle."

"Falle bod isie i *ni* ddangos cariad at ein gilydd. O'i bla'n hi," meddai Dad.

"Ti'n iawn. D'yn ni ddim wedi ca'l eiliad yn y blynydde dwetha 'ma i feddwl am ein gilydd. Gwaith yw popeth wedi bod."

"Gad i'r bennod fach 'ma fod yn wers i ni 'te," meddai Dad. "Gad i ni addo na fyddwn ni'n esgeuluso'n gilydd 'to. A rhaid i ni roi Catrin yn gynta. Cyn gwaith."

"Sen i ond yn gallu profi i Catrin 'mod i'n meddwl y byd ohoni," llefodd Mam.

"Ma hi'n gwbod," meddai Dad. "Dyw hi ddim yn dwp."

"Hi yw'r peth pwysica yn 'y mywyd i," meddai Mam.

Gwenais wrth ddringo'r grisiau tuag at fy stafell wely. Roeddwn i mor falch 'mod i wedi cwrdd â Janine. Roedd ei phresenoldeb wedi datgelu cymaint.

Pennod 16

Dw i ddim yn gwbod pa les sydd wedi dod o'r sefyllfa 'ma ond dw i wedi dysgu ymddiried mewn pobol eto. A dw i wedi dysgu peidio bod yn eiddigeddus o bobol heb fyw yn eu sgidiau nhw. D'yn ni ddim yn gwbod beth yn y byd sy'n digwydd tu ôl i ddryse tai pobol.

Catrin oedd fy ngelyn penna i pan ddaeth hi i'r ysgol gynta. Ro'dd e'n dân ar y 'nghroen i pan enillodd hi ar yr unawd yn y Steddfod Sir. Doedd bywyd Catrin ddim yn berffaith chwaith ond roedd yn rhaid i fi ymddiried ynddi cyn sylweddoli hynny. Ac roedd yn rhaid i fi weld y tu hwnt i'r dillad henffasiwn a'r diniweidrwydd a gweld ei bod yn ferch garedig yn y bôn. Ddylen i ddim bod wedi trio'i defnyddio hi a'i brifo hi. Dylen i fod wedi gweld ei bod hi'n ffrind. Reit o'r dechre.

Nid fy mai i o'dd hi 'mod i'n ymddwyn mor lletchwith ac mor rhyfedd at bobol. Catrin druan yn enwedig! Wrth gwrs, y pwyse oddi wrth Dad o'dd yn gyfrifol am roi'r pwyse arna i. Dad druan. Ro'dd e'n dal i fyw yn y gorffennol. Yn dal i hiraethu ar ôl yr unig un iddo ei charu erioed – ar wahân i fi, wrth gwrs!

Erbyn hyn dw i ddim yn poeni am blesio Dad. Ma Dad yn dost. Ma Dad, fel fi, wedi gorfod dod i delere â phethe ddigwyddodd o'dd y tu hwnt i'w reolaeth e.

Heddi fe es i at y doctor gyda Dad. Dw i wedi trio'i helpu e o'r bla'n ond do'dd e ddim wir moyn gwella. Y tro hwn, Dad sydd wedi gofyn i fi am help. Mae e'n benderfynol o drechu'r iselder a'r yfed sy'n ei ddinistrio.

Roedd y doctor yn ffantastig. Gofynnodd hi i Dad beth oedd yn bod. Cwestiwn syml. Ond cwestiwn doedd neb wedi ei ofyn iddo o'r blaen. Dwedodd Dad y cwbwl wrthi. Ynglŷn â'i gariad at Mam. Ynglŷn â thrio fy magu i ar ei ben ei hun ac ynglŷn â'r yfed.

Mae'r doctor wedi anfon Dad at gwnselydd a fydd yn ei arwain trwy ryw broses o drio'i gael e i stopio yfed. 'Neith e ddim rhoi'r gore i'r yfed dros nos ond o leia ma hyn yn gam i'r cyfeiriad iawn. Dw i mor falch fod Dad wedi cymryd cam mor bwysig.

O ran Mam, wel, dyw pethe ddim yn hawdd iddi hi chwaith. Daeth hi i 'ngweld i eto. Ma hi'n benderfynol ei bod hi isie bod yn rhan o 'mywyd i o hyn mla'n. Sy'n rhyfedd braidd ond, eto, ma raid fod ganddi ei rhesyme. Dyw pethau ddim yn berffaith rhyngton ni ond o leia r'yn ni wedi addo cadw mewn cysylltiad.

Ma Mam wedi bod yn onest gyda fi. Doedd ei hiechyd hi ddim mewn cyflwr da ar ôl fy ngha'l i. Doedd hi ddim yn credu y gallai hi fod yn fam dda o gwbwl. Ma hyn yn biti. Ma'r ffaith iddi ddadle gyda'i chwaer hefyd yn biti.

Ond cyn i Mam fynd, fe wnaeth hi gyhoeddiad.

"Dw i am i chi ga'l Gwernant," meddai'n sydyn wrtha i a Dad. "Mae e mewn cyflwr ofnadw ond fe gewch chi dipyn o arian am y tir."

'Beth am Eirlys?" gofynnais.

"Fe gaiff hi hanner yr elw. Os taw dyna beth chi'n dymuno."

Teimlwn fod chwa o awyr iach wedi dod i'r tŷ, neu i'r cwch, ar ôl iddi adael. Chwa o onestrwydd a charedigrwydd. Cydiais yn fy ffôn ac anfon neges destun at Catrin i ddweud y newyddion da.

Catrin, fy nghyfnither.

Fy nheulu.

Mared Llwyd

Cyfres yr Onnen

cam
wrth
gam

'Pe bai'r defaid ond yn gallu siarad...'

y Lolfa

£5.95

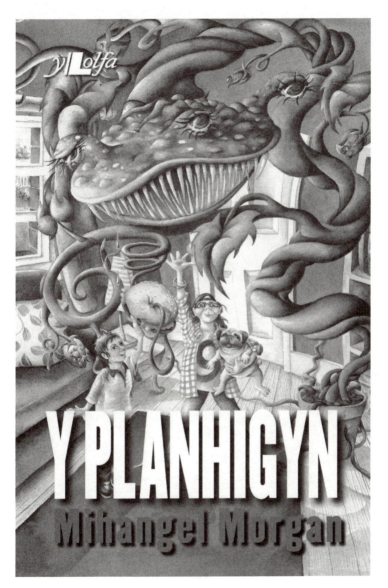

Y PLANHIGYN

Mihangel Morgan

£5.95

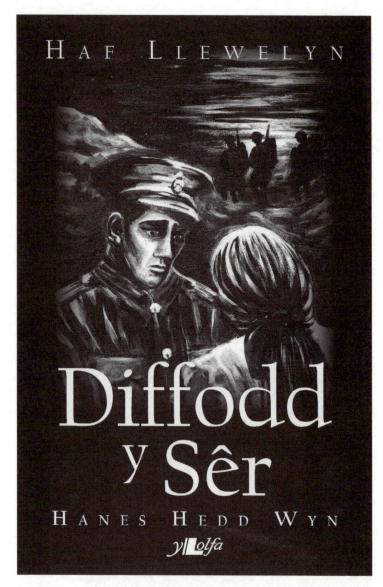

HAF LLEWELYN

Diffodd y Sêr

HANES HEDD WYN

yLolfa

£5.95

yBANCSi BACH

TUDUR DYLAN JONES

£5.95

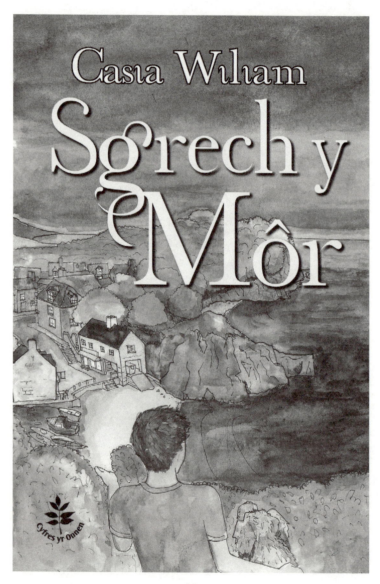

Casia Wiliam

Sgrech y Môr

Cyfres yr Onnen

£5.95

Elgan Philip Davies

ERGYD
DRWY AMSER

'Cododd y reiffl ac edrych
drwy'r ysbienddrych'

Cyfres yr Onnen

y Lolfa

£5.95

Am restr gyflawn o nofelau cyfoes Y Lolfa,
mynnwch gopi o'n catalog rhad
neu hwyliwch i mewn i'n gwefan

www.ylolfa.com

lle gallwch archebu llyfrau ar lein

TALYBONT CEREDIGION CYMRU SY24 5HE
ebost ylolfa@ylolfa.com
gwefan www.ylolfa.com
ffôn 01970 832 304
ffacs 832 782